Do Leito da Minha Mãe

ROMARIC S. BÜEL

Do Leito da Minha Mãe

Tradução de
ELIANA AGUIAR
MARIA DE FÁTIMA OLIVA DO COUTTO

EDITORA RECORD
RIO DE JANEIRO • SÃO PAULO
2003

CIP-Brasil. Catalogação-na-fonte
Sindicato Nacional dos Editores de Livros, RJ.

B939d Büel, Romaric S., 1953-
Do leito da minha mãe / Romaric S. Büel; tradução Eliana Aguiar e Maria de Fátima Oliva Do Coutto. – Rio de Janeiro: Record, 2003.

Tradução de: Du lit de ma mère
ISBN 85-01-06806-3

1. Romance francês. I. Aguiar, Eliana. II. Título.

03-1750 CDD - 843
CDU - 821.133.1-3

Título original em francês:
DU LIT DE MA MÈRE

Impresso no Brasil

ISBN 85-01-06806-3

PEDIDOS PELO REEMBOLSO POSTAL
Caixa Postal 23.052
Rio de Janeiro, RJ – 20922-970

CÓPIA NÃO AUTORIZADA É CRIME
ABDR
ASSOCIAÇÃO BRASILEIRA DE DIREITOS REPROGRÁFICOS
RESPEITE O DIREITO AUTORAL
EDITORA AFILIADA

Ao meu grande mestre
João Maurício de Araujo Pinho

Nota do autor

Esta novela, a primeira de uma longa série, me foi inspirada pelo jovem Hadrien e sua mãe, minha grande e fiel amiga Corinne Breuzé, durante uma estadia em sua casa em Paris. Gostaria de agradecê-los com muito carinho.

Eles, assim como os leitores, precisam entender que o amor que existe entre a mãe e seu filho me ajudou muito para escrever, mas não existe outra ligação ou relação entre a história pessoal deles com o livro, senão, à noite, a dificuldade do Hadrien de deixar a cama de sua mãe e ir para seu quarto dormir.

Agradeço com carinho e reconhecimento:

Madame Simone Brunau
Muriel Schneider
Cécile Taquoi Carriço
Madame Sophie Schwartz
Madame Jean Soublin

Capítulo I

Paris, abril de 1901

— Aude, o que faz esta criança em tua cama? Amélie, podes levar Pierre-Edmond para o quarto, imediatamente.

Eu nem pisquei, tomei a mão rechonchuda que me estendia a governanta e deixei o ninho tão querido. Cabeça erguida, corajosamente encarei Mammy-Grand ao passar por ela. Posso revê-la, ereta, a mão tamborilando nos tafetás negros do seu eterno vestido de luto, coberto de babados, o busto comprimido por um corpete que a deixava ainda mais altiva e severa, embora sua expressão de dama virtuosa já inspirasse temor e respeito.

Estava no corredor que me levava para longe, bem longe do quarto de minha mãe. Agora eu já podia chorar, sabia que Mammy-Grand não viria me ver em meu exílio.

— Mas, mamãe, isso o deixa tão feliz... — ouvi dizer, em tom desolado, minha mãe a minha avó.

— Mas qual, minha filha, o que estás a dizer? Asneiras! Onde já se viu um filho dormir na cama da mãe? Isso não tem cabimento.

— Mas mamãe...

— Basta, sim? Gostaria que no futuro deixasses esta criança aos cuidados da sua governanta e dos professores. Isso enquanto não for encontrada uma solução adequada para a sua educação. Ele é jovem, ainda temos muito tempo.

Paris, março de 1898
(três anos antes)

O ogro abrira sua bocarra e avançava ameaçador. Não me veio a voz para gritar, pedir ajuda. Fugir, era preciso correr para escapar daqueles dentes luzidios como lâminas de punhal, mas nada a fazer, minhas pernas, meu corpo não me obedeciam. Peludo, disforme, enorme, ele se aproximava em passos pesados fazendo estremecer o chão. Eu ainda tentava articular, emitir um som, mas em vão...

Em sobressalto, ofegante, suado, aos prantos, despertei, escapei do pesadelo, encontrei-me em minha caminha de criança, no quarto vagamente iluminado pela chama vacilante da lamparina. Sombras pálidas se projetavam, bestas ferozes moviam-se no papel de parede. Tive medo de novo, mas dessa vez pude escapar, precipitar-me quarto afora, até o corredor, e disparei de camisolão até o quarto de Amélie.

Cólera, tristeza e terror, Amélie não estava. A cama, iluminada pelos lampiões a gás da rua, não havia sido desfeita. Ocorreu-me então que mamãe não me abandonara, devia estar dormindo lá longe, em seu quarto enorme, sob o baldaquim, naquele leito de rainha, no meio dos travesseiros de pluma, os cabelos castanhos desfeitos, espalhados sobre o branco das fronhas bordadas com suas iniciais.

— O que aconteceu, Pierre? Estás chorando! Vem aqui no colo da mamãe. Assim... Como foi o sonho mau? Que ogro malvado! Oh! Esqueceste que Amélie passa todas as segundas com a irmã? Acabou, meu amor, o sonho ruim já acabou. Calma, fica calmo, sim?

Não encontrei mamãe como supusera, mas recostada na *chaise longue*, lendo, à luz dos lampiões a gás e dos candelabros, um livrinho de capa de couro vermelho. Seus cabelos, lindos, pesados, estavam comportadamente presos em um coque. O vestido era o mesmo que usava no salão quando fui desejar-lhe e a meu pai boa-noite, junto com Jean, meu preceptor.

— Está bem, meu pequerrucho, para expulsar a má impressão do pesadelo, que durmas um pouquinho na minha cama. Mas só hoje — disse ela com seu lindo sorriso. — Não quero que isso vire um hábito. Já estás um rapazinho, vais fazer sete anos em dez dias! A idade da razão, ouviste, meu querido?

Ela ergueu-me até o grande leito, instalou-me entre os lençóis perfumados, colocou-me sob a cabeça um dos seus travesseiros, que eu adorava, enxugou em seu lenço as minhas lágrimas, assoou-me e beijou-me com ternura ainda maior do que de hábito. Eu estava feliz, mergulhado na felicidade mais absoluta. Nada me podia acontecer naquele paraíso.

— Agora dorme, Pierre. Fizeste tuas orações? Estás caindo de sono, diz só a oração à Virgem. Não e não... não sejas teimoso! Eu conto essa história amanhã... Está bem, eu canto.

Sentou-se ao cravo, aproximou uma lamparina e, tocando, pôs-se a cantar.

*"Ah, vous dirai-je maman ce qui cause mon tourment."**

Sua voz, sua linda voz, me encantava...

*"Papa veut que je raisonne comme une grande personne."***

Meus olhos semicerrados, cheios de sono, percorriam seu belo universo.

*"Moi je dis que les..."****

A luz suave das lamparinas e suas chamas aqueciam mais o quarto de dormir do que o fogo que morria na lareira. Neste aposento mamãe passava a maior parte do seu dia.

Bem mais tarde, quando eu já dormia profundamente, mamãe levou-me de volta ao meu quarto.

---

*Literalmente: "Ah, eu lhe direi, mamãe, o que causa meus tormentos." (*N. da T.*)

**Literalmente: "Papai quer que eu pense como uma pessoa grande." (*N. da T.*)

***Literalmente: "Eu, eu digo que os..." (*N. da T.*)

— Como estás pesado, meu pequerrucho... Volta logo a dormir, já é tarde.

Estava de camisola, os cabelos flutuando sobre os ombros. E apertava-me em seus braços.

Durante três anos, até o dia em que Mammy-Grand expulsou-me do paraíso, passava, todos os dias, várias horas mergulhado em travesseiros macios a observar, a aprender sobre a vida. Mamãe era a professora mais sensível, mais delicada que jamais tive.

No dia seguinte ao do pesadelo do ogro depois do jantar, embora Amélie já estivesse de volta, percorri novamente o longo corredor, passei pelo salão grande, pela sala de fumar de papai e atravessei o corredor mais largo que levava aos quartos grandes, dos adultos. Empurrei a porta erguendo-me na ponta dos pés. Mamãe não estava em seu quarto, mas eu podia ouvir sua voz vindo da saleta. Empurrei o tamborete até o pé do leito para alcançar aquela cama enorme.

— Não estou gostando nada dessa tua tosse, Charles-Eugène. Por que não marcas outra consulta com o doutor Bernheim?

— Para que ele me diga de novo que devo parar de fumar?... Não, minha querida. Ah, e como ele fala também da Itália, eu poderia pensar em passar o inverno lá, em Capri.

— Eu poderia te acompanhar...

— Falaremos depois — respondeu ele interrompendo-a. — Pensa em Pierre, ele precisa prosseguir seu aprendizado de leitura.

— Nós poderíamos levá-lo com seu...

— Bem, já falamos demais, tenho que passar no clube, prometi a Pourtales.

— Mas disseste que passarias esta noite comigo.

— Nossa, eu tinha esquecido o compromisso. Trocaste de perfume?

— Não te agrada?

— Sim... mas eu preferia o outro. Boa noite, minha querida, dorme bem. Não almoçarei em casa amanhã e não esqueças que iremos jantar com meu irmão. Dorme bem, até amanhã.

— Por favor, eu gostaria de te falar — sua voz tremia. — O que há de tão sedutor nesse clube para preferi-lo à sua família?

— Pára com isso. Preciso ir.

— Terá cabelos louros, uma cintura de vespa?

— Não te fica bem falar assim. O que há contigo, Aude? Estás louca?

— Charles-Eugène!

Ela estava prestes a chorar.

A porta que dá para a sala de fumar fechou-se com um barulho seco, como um estalo.

Mamãe não voltou ao quarto senão depois de alguns longos minutos. Eu podia ouvir de vez em quando, pela porta entreaberta, um leve fungar, de uma pessoa resfriada ou de uma pessoa... sim, é isso: de uma pessoa chorando.

— Ah, estás aqui, meu anjinho! Malandrinho, conseguiste subir em minha cama.

Como era bela naquele lindo vestido azul-rei de gola alta de seda branca. Aproximou-se da cama e vi seus olhos ainda molhados de lágrimas. Tomou-me em seus braços e apertou-me muito forte. Ouvi seus murmúrios:

— Meu pequeno, meu pequerrucho. Bem, vou ler para ti o comecinho de *A pequena vendedora de fósforos* e depois, como um bom menino, vais te deitar... Está bem, cantarei, mas só a pequena cantiga de Mozart. Precisas aprender a ser paciente, meu filho querido. Vou chamar Julie para que apague as luzes do salão. Queres um pouco de leite quente? Pronto, sou toda tua.

"Ela riscou outro fósforo na parede: um círculo de claridade se formou e sob a luz tênue ela pôde ver sua avó, bem visível, luminosa, doce e terna.

'Vovó', gritou a pequena, 'leva-me contigo! Sei que vais desaparecer quando o fósforo se apagar. Vais sumir como o fogareiro quente, o delicioso ganso assado e a grande árvore

de Natal...!' Ela riscou bem rápido os fósforos que restavam na caixa para manter a presença da avó. E os fósforos brilharam com tal intensidade que iluminavam mais que a luz do dia. Sua avó nunca lhe parecera tão bela, tão grande. Ela tomou a menina nos braços e voaram bem alto, bem alto nesse esplendor e alegria, em direção a um lugar onde não existiam frio, nem fome, nem angústia... Foram para perto de Deus."

Eu bebia as suas palavras, mamãe imprimia o tom certo, as entonações, e eu partilhava, assim, as humilhações, o frio da pequena vendedora. Às vezes eu nem ouvia, só a olhava, a examinava. Ela instalara, para a leitura, uma cadeira junto ao leito e uma mesinha na qual Julie colocara uma lamparina. Mantinha-se bem reta, o livro sobre os joelhos, às vezes erguido entre as duas mãos, sempre à distância do rosto. O que mais me fascinava era a suave mobilidade da cabeça, única parte do corpo que se movia. Que graça nos movimentos, nas oscilações! Os brincos pendentes, de pérolas, brilhantes e rubis, acompanhavam, a sua maneira, as inclinações da cabeça quando ela acentuava uma afirmação ou representava a cólera.

Os grandes olhos azuis, tão doces, contrastavam com os cabelos que mais se esperava fossem louros. Só a vi loura uma vez, em um baile de máscaras, alegre e radiosa marquesa veneziana.

Março de 1899

Naquela noite de Carnaval, dois meses depois da partida de papai para a Itália, usava no rosto uma simples máscara negra. E riu com prazer da minha surpresa. No entanto eu assistira fascinado, do meu ninho de madeira, linho e lã de caxemira, à progressão de sua metamorfose. Atrás do biombo, Julie a ajudava a retirar o corpete, as meias... Eu podia ouvi-las tagarelando. Julie corria do biombo ao guarda-roupa, do guarda-roupa ao biombo, mais excitada que sua senhora à perspectiva do grande evento.

— Eu gostaria tanto de acompanhar madame!

— Mas como poderias, Julie?

— Eu seria o pequeno pajem de madame!

— Ah, sabes bem me tentar, não é? E o que farias quando eu fosse dançar?

— Ficaria muito bem-comportada a esperá-la. Olharia, sempre haveria com o que me distrair.

— Ah, é? E por que não levar então o meu pequeno Pierre? Julie, acreditas que ele poderia ficar comportado a nos esperar, sozinho com Amélie e as três criadas intratáveis da cozinha?

Mamãe vinha em direção à cama em um vestido de saia bufante, armada, rindo do efeito de incredulidade que produzia em mim.

Seria ela realmente? Eu reconhecia sua bela voz, os lindos dentes bem alinhados na boca de lábios pintados. Eu a vira mudar de roupa atrás do biombo, mas de repente veio-me uma dúvida profunda: e se mamãe tivesse desaparecido? Em seu lugar, quem sabe, as fadas teriam posto aquela dama loura, de faces cobertas de pó-de-arroz e uma pinta arrogante muito mal colocada perto do queixo. Não era mamãe quem manejava o leque com a destreza de amazona de circo, mas certamente uma mulher de Veneza, para quem as feiticeiras deixaram a voz e certos modos de minha mãe adorada.

— Estás com uma carinha, meu gatinho! Não te assustes, sou eu mesma, disfarçada, só isso!

Era preciso entrar no jogo, mas mamãe nunca me chamara de "gatinho": mais uma prova de que não era ela.

Fiquei aliviado ao vê-la partir, mas logo, logo o terror tomou conta do meu pensamento e do meu corpo.

— Ora, seu bobo, por que dizes isso?

Julie tentou tranqüilizar-me, mas nada conseguiu. Eu não desisti. Mamãe desaparecera, fora vítima de um sortilégio. Antes de chorar todas as lágrimas do meu corpo, deslizei para fora da cama, aproximei-me em passinhos prudentes do biombo que abrigava a intimidade de minha mãe. Talvez ela estivesse lá do outro lado, prisioneira, amordaçada, amarrada pelo feitiço. Logo imaginei se os personagens orientais, prisioneiros da laca chinesa, não teriam sido, eles também, vítimas, outrora, de tais magias. Hesitei, arquejante. Conseguiria reencontrá-la? Meu Menino Jesus, faz com que...

Mas nada, ninguém. Só a *psyché*, a penteadeira de mamãe, suas escovas, seus pentes e as caixas de prata, guardiãs de mil tesouros, braceletes e finas pérolas. Refugiei-me então aos pés do leito e, com um nó na garganta, chorei pela primeira vez o desaparecimento de meu sol.

Meu desespero deve ter sido tão sonoro que Amélie e Julie chegaram convencidas de que eu me ferira seriamente. O único ferido que encontraram foi uma criança afogada em sua tristeza.

— Mamãe está perdida — soluçava.

— Mas que asno! Tua mãe foi com teu tio Jacques ao baile do embaixador da Rússia.

— Não, tenho certeza de que a perdi para sempre.

— Mas que menino teimoso! Julie, tu que serves madame, trata de ajudar-me a trazer esse pequeno à razão.

— Vamos já dormir — disse a criada de quarto —, e amanhã quando acordares poderás vir correndo dar bom-dia a madame.

Eu explodia de dor.

— Não, não, eu não vou dormir. Não vou dormir nunca mais, quero ir encontrar mamãe. Chama as fadas, Julie.

— Mas o que estás dizendo, doidinho? Tua mãe estava só fantasiada. Vai até a janela e verás quantos mascarados há pela rua. É claro que fadas existem: velam por tua mãe e por todos nós. Sabes pelo menos o que é Carnaval, seu ignorante? — prosseguiu Julie. — Vamos Amélie, pega esse grande pateta no colo e vamos levá-lo para a cama.

— Eu quero ficar aqui, não quero ir para o meu quarto. Se as fadas não levaram mamãe, então vou esperá-la aqui mesmo — bati o pé.

— Vamos deixá-lo aqui mesmo, Julie — disse Amélie, temerosa dos meus acessos, tão raros quanto desmedidos.

Tomou-me nos braços; eu tremia de medo e desespero. Abraçou-me forte antes de afastar as cobertas do leito com a outra mão para instalar-me.

— Vou ficar com Pierre — disse ela. — Recosto-me no banco — era assim que ela chamava a *chaise longue* —, e espero a volta de madame com ele.

— Ajuda-me a preparar o quarto para a noite — replicou Julie.

As duas domésticas dividiram a tarefa. Amélie, tendo me acalmado ao me autorizar a ficar no leito de mamãe, fechou os pesados e altos postigos internos. Eles evitavam que o frio da noite de inverno entrasse, dando ao quarto uma obscuridade reforçada por cortinas majestosas, ainda da época de Papy-Grand. Só o conhecera de seu retrato, pintado por Winterhalter, que reinava no grande salão, e das incríveis histórias contadas por Gustave, o velho cocheiro, que vivera na época do senhor barão. Mamãe, sua filha, mal falava dele. Papai, nunca.

As cortinas, de um tecido de veludo em relevo verde-escuro, à moda de Gênova, eram fixadas por presilhas do mesmo tecido na cor grená. Quando estavam fechadas, davam à peça uma aparência de salão de festas do antigo Palácio das Tuileries.

O efeito, desejado sem dúvida por meu avô, a quem pertencera o quarto, ressurgia no amplo e alto leito com dossel. Nas noites frias, graças a cortinas do mesmo veludo verde, com galão grená, o leito era isolado, transformando-se num mundo à parte, distante de tudo. Nas duas paredes do quarto, dois grandes quadros de primitivos italianos representando, o primeiro, uma *Pietà* toda ouro e dor, e o segundo uma notável *Anunciação*, emoldurados por retratos dos doadores. Meu avô os comprara do marquês de Campana, quando de uma estada em Roma, antes que este decretasse a falência que abalou os Estados do Papa. No pé da cama havia, em toda a sua extensão, uma comprida banqueta baixa de madeira, com os pés esculpidos no estilo renascentista, na qual Julie estendeu a camisola de noite, a touca e o roupão. Não entendi a razão pela qual Julie não colocara todos esses paramentos de noite atrás do biombo, pois estava certo de que mamãe não iria me expulsar quando as fadas ou o Carnaval finalmente a devolvessem.

Não pensei, por um instante sequer, que mamãe me mandaria para longe, para o meu quarto, quando retornasse. No entanto, por volta das quatro da manhã o porteiro puxou o cordão da campainha para avisar que madame estava subindo. O criado, que dormia na entrada, despertou sobressaltado para acender, às pressas, o tocheiro para encontrar sua senhora já na porta do apartamento.

— O que fazes aqui a esperar, Amélie?

A marquesa veneziana não tinha mais os seus sapatos, que devem tê-la martirizado e foram deixados em penitência na entrada, para não prolongar o suplício até o quarto.

— Ele está doente?

— Não, mas meteu na cabeça que madame estava prisioneira das fadas e que sua fantasia escondia uma outra pessoa.

— Mas esta criança está com febre.

— De modo algum, madame, simplesmente acreditou demais nas histórias que lhe contamos para fazê-lo dormir. O pobre anjo relutou durante horas, mas o sono venceu.

— Ajuda-me com a peruca, sim? Ah, ufa, estava sufocando! Agora passa-me o espelhinho e um paninho úmido. Oh, a pinta desapareceu! Voou!

Semi-acordado, eu ouvia sua voz. Então ela voltara, ou seria o sortilégio que continuava?

Acho que me lembro de vê-la retirando o pó-de-arroz e aproximando-se, então, do leito.

— E então, meu pequeno Pierre? Viste que finalmente a mamãe voltou do baile? Agora vais ficar com teus brinquedos, teus cadernos e tua caminha para deixá-la descansar.

— Mamãe, mamãe!

Enlacei seu pescoço e agarrei-me a ela como um diabinho resmungão.

— Vamos, calma, meu pequerrucho. Calma! Assim vais acabar me machucando. Sossega, amanhã eu te conto toda a festa e, se dormires direitinho, prometo que da próxima vez irás junto comigo.

Afrouxei o abraço, respirei ainda uma vez, com delícia, o perfume de que papai não gostava e deixei, vencido, o domínio encantado.

Capítulo II

— Por que eu não poderia encontrá-lo com Pierre-Edmond, para a Quaresma?

Meu pai não respondeu imediatamente.

— Eu te escreverei e então veremos...

Do meu belo ninho, enquanto todos pensavam que eu estava dormindo há muito tempo em meu quarto, ouvi meus pais falando dos próximos meses. Eles não tiveram o cuidado de fechar a porta que separava o quarto do salão, certos de que na intimidade do *boudoir* ninguém poderia importuná-los.

Mamãe retomou a palavra:

— Por que não alugas uma casa? Nunca gostaste de hotéis.

— Obrigado, Aude, minha querida, por tanta solicitude, mas deixemos de lado a minha viagem para a Itália.

Eu estarei bem... Ao chegar, decidirei se será melhor alugar... Tenho que passar ainda esta noite no clube...

— Mas tu disseste...

— Não me irrites, sim? Sinto que a tosse poderia recomeçar. Pedi a meu irmão que viesse almoçar amanhã. Quero falar do futuro... Quer dizer, do teu e de Pierre.

— Eu te suplico, Charles-Eugène... Falemos de nosso futuro agora, do futuro de nosso filho e do nosso. Por que, quando finalmente podemos ter uma conversa séria, tu sempre precisas partir para o clube, encontrar-te com não sei quem, como se nada fosse mais importante? Acreditas que é fácil para mim viver tranqüila nessas condições, quando sei que estás doente?

— Boa-noite, dorme bem... Manda servir o almoço à uma hora.

— Não me beijas? — disse mamãe, a voz marcada de emoção. — Eu te amo, Charles-Eugène.

— E de que adianta?

— O que queres dizer? O que significa este "e de que adianta"? Do que foges? Tu sabes o quanto te sou devotada, como necessito do teu afeto. Espere...

Ouvi a outra porta bater; em seguida o barulho de um corpo que desaba num sofá e os soluços.

Surpreendentemente, a conversa que eu não deveria ter escutado me deixou satisfeito. É claro que a dor de mamãe me causava sofrimento, mas as freqüentes ausências de papai, a perspectiva de sua próxima partida para a Itália e até mesmo sua doença me tranqüilizavam. Mamãe seria toda minha, sem rivais. Nada era para mim mais importante que ver todos a quem ela amava se afastarem, mesmo se tratando do meu pai.

— Ah! Mas o que fazes aqui?

— Eu... eu estava com medo.

— Sabes muito bem que não quero que se torne um hábito vir dormir em minha cama.

— Mas, mamãe, tu estás chorando! Por quê? Não queres dizer?

Ela sentou-se na cama, perto de mim, acariciou-me o rosto. Sua mão era fresca e suave.

— Por favor, mamãe, não chores!

— Às vezes faz bem chorar, meu filho. E tu que choras quando perdes um soldadinho de chumbo? Como poderias impedir-me de fazê-lo quando meus problemas de gente grande me afligem?

— Por que papai tem que ir para a Itália?

— Não me digas que ouves atrás das portas, meu filho — disse ela com uma voz estranha e um ar aflito.

— Não, não, nunca, jamais!

Ela hesitou.

— Teu pai precisa descansar, por isso tem que ir para a Itália.

— É longe a Itália?

— Muito longe, longe demais, meu pequeno Pierre.

Essa distância aumentava ainda mais minha satisfação. Eu prosseguia, sem deixar transparecer, meu interrogatório.

— Por que ele não vai nos levar com ele?

— Com essa tua energia, logo o deixarias esgotado!

"À esquerda e à direita, depois de novo à esquerda e à direita." Eu maltratava nosso pobre gato em cima do tapete Aubusson que cobria todo o parquê do quarto de mamãe. O pobre bichano vira-me nascer. Será que por isso suportava com paciência e abnegação os maus-tratos que eu lhe dispensava?

Mamãe estava em sua escrivaninha, sentada bem ereta em uma cadeira de palha trançada. Ela escrevia olhando, de vez em quando, em minha direção.

Eu sabia dissimular minhas crueldades com perfeição, não desgrudando os olhos de minha mãe. Quando o gato, cansado dos golpes, miava alto, eu fingia ter sido arranhado e aproveitava para redobrar as maldades.

Neste momento papai entrou e, sem preâmbulos, surpreendeu mamãe, dizendo num tom que não admitia réplica:

— Gustave vai levar-me à estação.

— Mas disseste que eu poderia acompanhar-te até o trem.

— Mudei de idéia. Jamais gostei desses sentimentalismos, e hoje menos ainda. Prefiro despedir-me aqui.

Ele sentou-se em uma poltrona perto dos dois janelões.

— Senta-te aqui em meu colo, Pierre — disse-me ele. — Cuida bem de tua mãe na minha ausência.

— Quanto tempo o senhor vai ficar fora? — perguntei com fingida inocência.

— Dias, semanas, quiçá meses. Eis por que é importante que te comportes, que obedeças e cuides de tua mãe.

Eu teria prometido qualquer coisa que me pedisse. Como era doce ouvir meu pai nos dizer adeus e me confiar a guarda da esposa.

— Agora faz, por favor, a gentileza de deixar-nos. Precisamos conversar. Aude, toca a campainha, sim? Pierre virá até a caleça daqui a pouco para despedir-se. Não quero que faças o mesmo, minha querida. Façamos agora as nossas despedidas. — Amélie apareceu. — Ah, até que enfim! Já não era sem tempo... senhorita Amélie, eu tocarei duas vezes. Veste o mantô em meu filho. Quero que ele desça comigo.

Mamãe estava pálida, tensa. Amassava, nervosamente, um lenço de renda que levava, mecanicamente, a seus olhos marejados de lágrimas. Sua respiração era curta e rápida. Parecia aguardar minha saída para desabafar.

Pela primeira vez, deixei a companhia dos adultos, de meus pais, sem tristeza nem contrariedade. Só queria transformar-me num ratinho para ficar com eles. O que diriam um ao outro que pudesse me trazer alegria?

Quando voltei ao quarto de mamãe, depois da partida de papai para a estação, encontrei-a deitada de costas em seu leito. Tinha na mão fechada o lenço molhado e a cabeça mergulhada em um travesseiro.

— Estás dormindo, mamãe?

Ouvi dois pequenos "sim" que mal e mal se ouviam. Não acreditei naquele sono. Os terrores da infância apagaram a satisfação pela partida de papai. Voltei a sentir medo de um novo sortilégio. Fui procurar Amélie para mostrar-lhe mamãe abandonada em seu leito, tendo nos pés os sapatos, desordem que, de hábito, não aconteceria em lugar tão ordenado.

— Tua mãe está repousando, Pierre, vamos. Temos que entender o quanto madame está triste por não poder acompanhar teu pai nesta viagem. Vamos deixá-la dormir, prometo que virás vê-la dentro de uma ou duas horas.

Este tempo me pareceu uma eternidade. Raivoso, dei um pontapé em minha governanta e segui, impotente, para meu quarto.

Durante os quinze primeiros dias da ausência de meu pai, o quarto parecia o aposento de uma rainha enlutada. Mamãe ficava deitada dias inteiros. Não permitia que se abrissem as cortinas e os postigos, comia pouco, mal bebia. Eu só tinha autorização para vê-la no fim do dia. Ela estava diferente, menos paciente, menos afetuosa.

— Cuidado, não derrubes a água; atenção com meu livro, vais desmarcar a página!

A primeira carta de papai chegou mais de duas semanas depois de sua partida. Neste dia, mamãe mandou chamar-me mais cedo, estava mais relaxada. As cortinas continuavam fechadas. Ela não jantou no leito e sim comigo, na mesinha de jogo que mandara arrumar para a ocasião. Foi um pequeno festim à luz de velas. Mamãe, feliz, voltara a ser aquela mulher, aquela mãe especial que sempre fora.

No final da refeição, depois de advertir-me gentilmente sobre minhas roupas e minhas maneiras, ela falou:

— Tenho uma surpresa para ti. Papai nos escreveu.

À luz das velas, vi seu lindo sorriso iluminar-lhe o rosto.

— Podes lê-la para mim, mãezinha querida? — disse num tom demasiadamente alegre.

— Achas que mereces?

Ela franziu as sobrancelhas. Teria ela percebido minha ambigüidade? Havia eu exagerado? Tive medo e respondi, de forma quase serena:

— Prometo me comportar melhor, se é o que a senhora quer.

— Bem, se me dás tua palavra!

Ela sorriu.

— Vou pular o começo e ler apenas o importante:

"O Hotel Savóia continua impressionante, dominando do alto o mar azul. Do quarto e salão que ocupo, a vista é de uma beleza de tirar o fôlego. O meu pequeno Pierre ficaria aborrecido aqui, pois não há nenhuma criança de sua idade, com exceção de uma inglesinha, bem bonitinha, eu garanto.

E meu filho, já começou as aulas de latim? Na sua idade eu já conhecia todas as declinações."

— Vou pular esse pedaço.

"Vocês poderão vir ter comigo na Páscoa, que este ano cai mais cedo.

Estou tossindo menos; dormindo melhor. Volto a viver."

— Como estou contente, teu pai está melhor. Amanhã vou tocar umas árias novas para ti. E iremos à Garnier comprar livros novos. Vem aqui perto, eu quero um beijo, meu pequeno Pierre.

Mamãe estava chorando, mas dessa vez era de alegria.

— Enviarei imediatamente um bilhete para teu tio. Já faz mais de dez dias que ele, como nós, não tem notícias.

No dia seguinte, meu tio chegou mais cedo do que de costume, quando vinha almoçar.

— Jacques, olha a carta. Charles está melhor... Estou tão feliz.

— Ah, finalmente uma boa notícia!

Jacques parecia sinceramente aliviado.

— Poderás voltar a viver, sair, enfim! Aceitarias um pequeno passeio no Bois na semana que vem para comemorar?

— Boa idéia!

Mamãe não quis comer na sala de jantar. Pediu que pusessem, como tantas vezes, a mesa para o almoço em seu quarto.

— Jacques, é a primeira vez que almoças aqui? Perdoa-me a extravagância. Sabias que essa mania de jantar e receber no quarto eu a herdei de minha avó Surmont? Ela nunca saía do quarto, no entanto, podes acreditar, caro Jacques, mantinha sua vida social. Recebia instalada em seu leito, como no século passado. Vinham o notário, o padre, os seus amigos... Na cidade talvez soe mais estranho, mas, à exceção de minha mãe e do senhor, eu não recebo mais ninguém. Além do mais, quem eu poderia receber aqui? Teu irmão é um selvagem, exceto quando se trata do clube. No entanto eu adoro dançar e gostaria, às vezes, de freqüentar os salões da moda, mas... ele não gosta. Então, eu faço do meu quarto um lugar de deliciosa reclusão. Leio bastante, jogo paciência... que nome! E riu. E depois tenho o meu rapazinho para fazer-me companhia, não é, Pierre?

— Minha querida cunhada — Jacques tinha de repente um ar triste —, tenho que passar na Bolsa e depois na rua Lafitte.

Levantou-se, foi até a janela e ficou olhando o Jardim das Tuileries sob o pálido sol de inverno.

— Felizmente, querida Aude, tens o jardim. Posso compreender que com todo esse verde a teus pés, não te venha vontade de percorrer montes e vales.

Mamãe permaneceu por várias semanas sob o efeito da boa impressão trazida pela carta.

A vida e o desejo de viver voltaram a tomar conta dela. Eu passava o tempo entre a sala de estudos, o jardim —

para agradar ao doutor Bernheim, que me achava "anêmico" e queria que eu fizesse exercício —, mas sobretudo, sempre que permitiam, no quarto de mamãe. Eu sabia me fazer discreto, calmo, engraçado, conforme a ocasião. Entendera que mamãe não via mais nenhum inconveniente em que eu passasse longas horas a ler e a brincar, tranqüilamente, atrás do biombo. Eu era o que se costuma chamar de uma criança tranqüila, na verdade mais pelo temor de ter que renunciar a minha felicidade do que por temperamento, sonso, eu diria. Meu comportamento em nada se assemelhava ao de um menino generoso. Só me preocupava comigo, cegamente egoísta. Tão jovem e, no entanto, tão calculista, dissimulado.

Este período do pós-carta foi, portanto, abençoado. Às lições de música, com mamãe como professora, seguiam-se as visitas dos luveiros, chapeleiros, costureiras. Eu gostava de apreciar a pequena multidão de fornecedores na saleta, antes de serem admitidos no quarto, muitas vezes cômicos, por vezes obsequiosos, quase sempre simpáticos. Expulsavam-me então de meu refúgio, o grande Coromandel.*

---

*Referência às lacas de Coromandel, lacas chinesas que chegavam à Europa pelo caminho da costa de Coromandel, na Índia. Eram em sua maioria biombos de fundo negro, castanho ou vermelho, com entalhes em cores vivas realçados a ouro. (*N da T.*)

E eu passava a reinar sobre o leito ou sobre a banqueta, quando não estavam cobertos de fitas e tecidos.

— Na cama não, nunca na cama! Pierre, nunca se coloca um chapéu na cama.

Mamãe teve medo ao me surpreender pegando um chapéu de penacho, delicadamente como se fosse um ninho de passarinho, da banqueta em que estava para colocá-lo, mal-intencionado, na cama. Como sou bobo! Enrubesci. Por que, por uma tolice, arriscar-me a perder o direito à felicidade, provocar a cólera, cair em desgraça e ser exilado? No entanto excitava-me a vontade de me divertir à custa de todos que pertenciam a esse pequeno universo, pregando peças e armadilhas. Quantas vezes eu resisti para não esconder as luvas do modista, ou a bengala do chapeleiro. Tinha raiva, mas o risco não compensava.

O Carnaval marcou o apogeu dessa bonança. As cartas faziam-se raras e curtas. Quanto a mamãe, escrevia todos os dias. Ela relatava em detalhes a vida dos moradores de nossa casa. Ao final de cada carta, eu tinha que escrever algumas frases para demonstrar meus progressos em ortografia, latim e história. Portanto, eu preparava com meu preceptor um resumo do tema que abordaríamos, em poucas linhas, para quando mamãe me chamasse para cumprir meu "pequeno dever" de bom filho.

O preceptor batia na porta. Esperávamos o "podem entrar", o abre-te, Sésamo que nos permitia penetrar no "santuário". Mamãe, impreterivelmente em sua escrivaninha, voltava-se apoiando o cotovelo esquerdo nas costas da cadeira, girando o torso com uma graça que, toda vez, me tocava o coração. O rosto tão delicado, sempre emoldurado pelos brincos pendentes, e especialmente os cabelos presos em um coque mais ou menos sofisticado, deixando a nuca e o pescoço descobertos. Esse espetáculo completava a minha felicidade de filho apaixonado.

— Que altivez, que porte! — costumava dizer meu tio virando-se para mim, com ar de cumplicidade, em voz baixa, como se não se devesse fazer este tipo de cumprimento a uma mulher, principalmente à mulher do próprio irmão.

Alguns dias depois do Carnaval mamãe voltou a seu estado de tristeza e à melancolia. Ela deveria visitar Mammy-Grand em sua propriedade de Compiègne, mas a perspectiva desta viagem não era a responsável por seu comportamento.

Eu não fora obrigado, durante meses, a enfrentar a dor da ausência. A previsão da viagem era de cinco dias. A interdição de penetrar em seu quarto não fora explicitamente enunciada, mas Amélie e Julie proibiram-me o acesso ao "Templo" com a firmeza das vestais da antiga Roma. Para evitar as tentações, chegaram ao ponto de fechar a porta que dá acesso ao grande corredor. Por que não pensaram em fechar a outra, que ia do salão menor para o quarto? Um esquecimento, uma negligência? Nunca tive a menor dificuldade de penetrar em "seu" reino sem precisar de lampião ou vela, quando a luz do dia ainda o permitia.

Fazia frio, e o local, normalmente tão habitado, parecia-se com o quarto de uma rainha que, às pressas, tivesse partido para o exílio. Na precipitação, a soberana deixara escovas e jóias, cartas e partituras de música espalhadas sobre os móveis e o cravo. Aproximei-me da escrivaninha, a bem dizer uma mesa de trabalho, herdada de seu pai. Ela jamais imaginara trocá-la por outra, preferida pelas damas de sociedade, cheias de gavetinhas secretas e fundos falsos. Ela amava esta bela madeira de carvalho, espessa e pesada, os pés torneados com colunas barrocas. Só a cadeira de balanço do barão havia sido substituída por uma cadeira de palha trançada.

Eu examinava, vagando pelo quarto, as molduras do teto, os grandes quadros italianos. Por que me dirigir à mesa? Sentei-me na cadeira de palha. Sobre o descanso de couro estavam algumas cartas que ela deve ter lido e relido. Teria tido a intenção de levá-las, tê-las-ia esquecido? Que escrúpulo, que medo a levara a deixá-las em Paris?

Uma delas fora escrita no papel timbrado de um hotel. Devia ser de meu pai. Tomei-a em minhas mãos, certo de ter feito uma bela descoberta. Uma verdadeira sensação de prazer que senti outras vezes, nesta época, tomou conta de mim. Aproximei-me da janela para melhor ler.

A letra trêmula poderia ser de uma criança, mas a primeira frase não deixava dúvidas, era a carta de um velho ou de um doente. Não entendi tudo, mas o suficiente para compreender o sofrimento de mamãe, e se eu não fosse prisioneiro de meu egoísmo sentir-me-ia culpado pelo resto de minha vida.

Aude,

Cada dia me afasta mais um pouco de ti. Dizer que sofro seria mentir, mas sinto diminuírem-me as forças. As que restam bastam apenas para tossir e cuspir sangue, o suficiente para escrever-te. Troquei o hotel por uma casinha no alto da escarpa. Não quero que tu, meu irmão, nem mesmo meu filho venham aqui. O que fariam senão esperar pelo inelutável? Continua escrevendo, tuas crônicas são meu último vínculo com o mundo vivente, elas me fazem sorrir e chorar...

O resto da carta era, para meus olhos de criança, nada habituada a letras complicadas, ilegível, exceto a última frase:

Refaz tua vida, Aude querida. Eu te suplico, não sejas prisioneira de uma imagem... Eu não fui o bom marido que esperavas ter. É preciso que te voltes a casar. Pensa em Pierre-Edmond.

A perspectiva de sua morte, para mim que jamais tive que me confrontar com o luto, nada significava. Ele partiria para sempre! Por que papai sentia então a necessidade de atormentar mamãe pedindo que o substituísse? Esta sugestão de um sucessor, de um usurpador, eliminou toda a tristeza que poderia ter tido à idéia de nunca mais revê-lo. O que ele queria dizer quando escrevia "pensa em Pierre-Edmond"? Como se eu e mamãe precisássemos de um substituto. Quando penso hoje nessa indiferença em relação ao drama de papai, esta quase hostilidade, sinto vertigem.

Amélie me encontrou dormindo, enrodilhado como um gato, no tapete atrás do biombo. Em minhas mãos uma miniatura representando, achava eu, mamãe. Soube, na manhã seguinte, que se tratava de minha avó... e, no entanto, eu poderia jurar!

Eu queria retê-la e fui levado, sem que pudesse dizer uma palavra, para o meu quarto.

Assim que voltou de Compiègne, mamãe foi me ver, inquieta e pálida. Eu tinha os olhos secos, mas não queria largar a mão que me acariciara a fronte.

— Mas o que tens, meu pequeno Pierre? Onde é que dói?

Eu olhava seus grandes olhos azuis. Não conseguia articular nada.

— Levem-no para o meu quarto — disse ela.

Soltei-lhe então a mão e balancei a cabeça em sinal de aceitação e reconhecimento.

— Chamem o doutor Bernheim — pediu ela a uma Amélie desfeita.

— Eu o encontrei no quarto de madame, escondido atrás do biombo. Tentamos encontrá-lo durante uma hora; estávamos convencidas de que não poderia estar lá, tínhamos fechado à chave... Porém...

— Mandem Gustave chamar o tio dele — cortou ela.

O doutor Bernheim foi o primeiro a chegar. "O médico era excelente e o homem, melhor ainda", repetia, sem parar, Amélie, como um papagaio.

Mamãe e o médico estavam na saleta, a porta encostada sem fechar. Eu mal ouvia o que diziam.

— ... nada de muito grave... um choque — dizia ele.

— ... descoberto... a carta.

Nesse meio tempo chegou meu tio. Não entendeu de imediato por que o médico e sua cunhada falavam em voz baixa.

— Eu conheço Charles, se ele diz que não quer nenhum de nós, não devemos mesmo ir. Pensei muito, Aude, desde a nossa última conversa, há dois dias.

— Fale mais baixo, Pierre está em meu quarto.

Eu nada mais ouvia, só murmúrios incompreensíveis!

Não pude falar nem comer durante dois dias.

Falavam em mandar-me para o Enfants-Malades.*

O doutor Bernheim tinha o doutor Charcot em grande conta, e queria chamá-lo para uma consulta na noite do segundo dia.

---

*Hôpital des Enfants-Malades, literalmente, "Hospital das Crianças-doentes", primeiro hospital especializado em atendimento infantil criado na França, em 1802, em Paris. (*N. da T.*)

Mamãe, que velava por mim em seu quarto, viu Julie chegar com um telegrama na mão. Ela aproximou-se da lareira.

— Julie, por favor, traze-me a espátula — estava estranhamente calma.

O fogo fazia cintilarem os brincos de diamantes. Julie se afastara para guardar a espátula. Mamãe levantou por um instante os olhos para o céu como se para reunir forças e leu. O que aconteceu então? Julie gritou! Mamãe acabara de cair, tentando, em vão, amortecer a queda apoiando-se no batente da lareira. Seus joelhos dobraram-se, seu corpo curvou-se e eu me precipitei gritando.

— Não morras, não quero que morras! Quero que fiques comigo.

Ela foi deitada de costas. Na mão direita apertava o telegrama, que meu tio teve muita dificuldade para recuperar quando chegou de surpresa, dez minutos depois. O farmacêutico da rua Saint-Honoré foi chamado com seus sais na tentativa de reanimá-la. Quando o doutor Bernheim chegou, eu fora instalado no quarto de Amélie, cheio de sedativos que o senhor Bonneau, o farmacêutico, ministrara-me quase à força. Antes que eu dormisse, vencido pelos soníferos e dores, tio Jacques veio me ver com o doutor Bernheim. Ele tinha o telegrama, ainda todo amassado, na mão.

O doutor tomou a palavra primeiro, para tranqüilizar-me quanto ao estado de mamãe. Estava bem, dentro do possível. Depois meu tio sentou-me em seu colo e disse:

— Comporta-te como um rapazinho, seja corajoso. Teu pai morreu. Agora ele não sofre mais.

Tomei o telegrama de sua mão. Nele se lia:

Madame,

Monsieur Charles-Eugène Charlieux-Doucet faleceu esta manhã em Capri, em conseqüência da doença da qual era vítima. Peço-lhe que entre em contato, comigo ou com meus colaboradores, por telegrama, assim que possível.

Minhas mais sinceras condolências,

Jean de Mulat
Cônsul-geral da França em Nápoles.

Capítulo III

Da janela de meu quarto eu olhava os papa-defuntos estacionarem o carro fúnebre em frente à casa, na rua de Rivoli; o tempo estava chuvoso, instável, ventava muito — um típico tempo de maio. Os cavalos encapuzados de negro, enfeitados com seus esquisitos penachos brancos flutuando ao vento, batiam os cascos, friorentos, nervosos. Na carruagem envidraçada destacavam-se, em um brasão negro e prateado, as iniciais de meu pai.

Eu estava de roupa nova, cinza, própria para luto, e, pela primeira vez, usava calças compridas. Essa mudança no vestuário, estranhamente, aliviou minha dor e enganou meus medos; eu sentia vergonha. Como poderia estar orgulhoso, na verdade feliz de estrear calças compridas, de deixar por um dia as curtas? Esta vaidade de menino devia ser varrida pela tristeza do luto que, em verdade, neste instante, eu não experimentava.

Mamãe, os traços tensos causados pelas vigílias e pela dor, me tratava de forma diferente, o que me encantou a ponto de me sentir, secretamente, feliz.

— Onde está Pierre? — repetia ela a todo instante, parecendo aterrorizada quando eu estava fora de seu alcance. — Ele comeu direito? Eu o ouvi tossindo. Não estás bem agasalhado.

Era preciso defender, a qualquer preço, essa solicitude, esse amor que, a partir de agora, já não dividia com meu pai.

Caminhávamos em direção à igreja Saint Roch, nossa paróquia. Mamãe, meu tio Jacques e eu, logo depois do carro fúnebre onde fora colocado, sem grande cuidado, o esquife. Eu segurava a mão enluvada de negro de minha mãe e pensava, erguendo os olhos para ela, sobre a discussão que ela e meu tio tiveram no quarto, pouco antes da partida.

Eu cochilara alguns instantes atrás do biombo e as primeiras frases pronunciadas por meu tio ficaram perdidas para sempre. Quando acordei, ele parecia se justificar.

— Posso garantir que não estava a par de nada.

— Por que me esconder isso, por quê?

— Eu não escondi nada, Aude, rogo que acredites. Não sabia que ela estava na Itália com ele.

— Como posso acreditar? — perguntou ela aos prantos. — Minha pergunta não era destinada a ti. De fato, era a teu irmão que eu a dirigia.

— Não te atormentes mais do que é necessário...

— E como? — retorquiu ela, interrompendo-o em tom de censura.

— Pelo menos, não agora! Ela provavelmente não estará na igreja.

— Mas onde está o meu pequeno Pierre? Jacques, olha atrás do biombo, é o seu lugar predileto, junto com a cama — ela assoou-se.

— Aude, vem ver o anjinho, dorme enrodilhado na almofada como um gato.

— Oh, pobre criança, meu filhinho querido... Mas precisamos acordá-lo.

Para tirá-los do embaraço estirei-me e em seguida abri os olhos.

— Mamãe!

— Meu pequerrucho, precisas acordar, vamos encontrar Mammy-Grand no salão.

Eu a observava admirado, encantado. Ela já colocara seu enorme chapéu de viúva, suas luvas. O imenso véu de crepe, caindo quase até o chão, ainda estava jogado para trás.

Foi quando Julie chegou.

— Madame, sua mãe perguntou pela senhora.

— Obrigada, chama Amélie e diz a mamãe que irei encontrá-la em um minuto. Levanta, Pierre, vou arrumar teu cabelo. Jacques, podes acompanhá-lo até o salão principal? Minha mãe é capaz de fazer uma cena por um mínimo atraso, mesmo num dia como...

Nem teve tempo de completar a frase, e Mammy-Grand já fazia sua entrada, sem bater, seguida de Amélie.

— Detesto atrasos, a pontualidade é uma higiene, uma escola do respeito... Ah, bom dia, Jacques. Pierre-Edmond, então estás aqui? Vem cá dar-me bom-dia. — Sentenciosa, proferiu: — A partir de hoje terás que aprender mais rápido o senso de responsabilidade.

— Mamãe... — interveio, timidamente, minha mãe —, precisamos ir.

Tal tentativa não a impediu de prosseguir no mesmo tom.

— Essa criança não está com bom aspecto. Gostaria de levá-lo para Compiègne, o ar do campo lhe faria muito bem.

Fui tomado de terror. Deixar mamãe, deixar aquele quarto pelo horrível castelo de Mammy-Grand, perdido no meio dos bosques, passar meus dias entre o padre de hálito fétido, as damas de companhia, maldosas e impertinentes, e as criadas, tão ranzinzas quanto minha avó. Desesperado, meus olhos imploravam a mamãe. Ela precisava salvar-me.

— Por que não? Falaremos quando voltarmos. Precisamos nos recolher uma última vez no quarto. Persignet e os Loyet estão sozinhos velando Charles.

— Esperarei no salão — disse minha avó, que não via nenhuma razão para velar um genro a quem nunca apreciara realmente.

— Mamãe, eu queria levar o "Ursão" comigo, insisti.

— Essa criança perdeu a cabeça!

Recebi a observação de Mammy-Grand como uma bofetada. Desejei que ela estivesse morta no lugar de papai. Abaixei a cabeça, engoli as lágrimas e decidi que mamãe era a única pessoa grande de quem eu gostava.

— Pierre, dá um beijo na mamãe; chega aqui, filhinho, tu terás teu "Ursão" mais tarde, mas agora precisamos ir até a igreja e de lá ao cemitério de Montparnasse. Vais precisar de coragem, muita coragem — ela suspirou fundo.

Na altura do Pavilhão de Marsan, antes de dobrar na rua des Pyramides, virei a cabeça na direção de casa. Via, como uma grande mancha móvel, o catafalco negro instalado na arcada da rua, que o vento agitava intermitentemente.

"Não, não, eu não irei para a casa de Mammy-Grand em Chantelart. Além do mais, eu sei que mamãe também não vai querer — me dizia."

— Quem era aquela senhora chorando no cemitério? Mamãe, a senhora está me ouvindo?

Já eram oito horas da noite. Mammy-Grand retornara, no final da tarde, para surpresa geral, com a vaga promessa de que eu iria para Chantelart na Páscoa, onde ficaria até o verão. Meu tio, quanto a ele, parecia querer ficar.

— Não quero impor minha presença, querida Aude, mas jantarei e dormirei aqui se assim o desejares.

Eu estava em guarda.

— É muito gentil, Jacques, mas eu queria repousar, pelo menos tentar... Poderias almoçar ou jantar amanhã? Gostaria que me ajudasses a examinar minhas contas e depois... o notário... a tutela de Pierre — ela parecia assustada, desanimada.

— Claro, claro — respondeu ele tomando-lhe ternamente a mão, decepcionado.

O que poderia ser aquela "tutela de Pierre"? O que seria esse novo perigo? Precisava perguntar a... Gustave? Amélie?

— Mamãe, responde, quem era aquela senhora no cemitério?

Ela estava em sua mesa de trabalho, escrevendo com a caneta-tinteiro de meu pai uma carta que a absorvia completamente. Podia-se ouvir a caneta arranhando o papel. Eu estava no quentinho dos travesseiros, olhando um álbum no qual estavam coladas fotografias de um bebê que mamãe dissera ser eu. Estava perplexo, de fato, era ela mesma, com meu pai, um ar todo orgulhoso, em volta de um berço do qual mal se via emergir a cabeça minúscula de um recém-nascido.

Por fim ela se voltou!

— É justamente para essa senhora que escrevo, meu pequeno... Não queria ir deitar antes disso. É importante, sabes?

— É ela, a tutela?

Mamãe riu. Eu não ouvia, há semanas, seu belo riso perolado.

— Não, meu filho querido. A tutela não é uma pessoa, ela é "exercida", como se diz, por alguém. Teu tutor será teu tio Jacques. É preciso, enquanto não estiveres crescido, cuidar de tudo que teu pai te deixou...

— Mas então quem é a senhora?

— É... é... é uma amiga de infância de teu pai.

— Ah! E como ela se chama?

— Bem... Rose, ela se chama Rose.

Rose... tutela... foto do pequeno Pierre bebê... papai que partira para sempre... De repente, o sono que estranhamente leva da realidade ao sonho misturava, à revelia, todas aquelas palavras, todas aquelas imagens para transformá-las em um livro de histórias confuso e estranho: o que fazia Mammy-Grand em um dos cavalos encapuzados que puxavam o carro fúnebre e por que tio Jacques dava a mão àquela mulher... Rose, que chorava em silêncio na alameda do cemitério?

Naquela noite eu não senti quando Amélie me tirou dos travesseiros, não me recordo das palavras tranqüilizadoras e afetuosas de mamãe e, na manhã seguinte, quando Amélie me acordou, eu ainda vivia a confusão do sonho.

— Onde está mamãe?

— Em seu quarto, bobo! Dormias profundamente, ontem à noite! Onde vais? Volta aqui. Precisas te lavar. Não, não queres? Madame está com uma visita... Ah, meu Deus!

Eu já estava na porta do quarto, na ponta dos pés para tentar abri-la. Amélie tinha razão, mamãe conversava com uma outra pessoa, uma mulher cuja voz eu escutava.

— Pierrot, Pierrot! Ainda bem que não conseguiste abrir... Vamos antes nos lavar, depois...

Mamãe deve ter ouvido o barulho, as vozes. No quarto alguém caminhava em nossa direção. A porta se abriu. Mamãe olhava-nos sem surpresa.

— Madame — disse ela num tom ligeiramente solene —, posso apresentar-lhe meu filho, Pierre-Edmond? Dá-me um beijo, meu querido, e cumprimenta a senhora.

Diante de mim, em luto fechado, a mulher do cemitério, madame Rose, a amiga de papai, levantou-se de sua poltrona.

— Bom-dia, madame Rose.

— Perdão, meu pequeno — disse ela baixinho, a voz trêmula.

A amiga de papai veio nos apresentar suas condolências.

— Não quero incomodá-los mais tempo.

Madame Rose parecia embaraçada. Cruzava e descruzava os dedos enluvados, para logo voltar a cruzá-los. Mamãe, com seu belo robe azul, dirigiu-se à dama de negro.

— Vou acompanhá-la — sussurrou.

— Não, não é preciso... Peça a essa senhorita — ela falava de Amélie que, pouco à vontade, não sabia o que fazer do próprio corpo. Percebia, sem compreender, o quanto a situação devia ser embaraçosa para as três mulheres.

— A senhora já vai?

— Mas já são dez e meia, Pierre, e tenho uma longa viagem a fazer... até breve, Pierre. Posso te dar um beijo?

Olhei para mamãe. Ela fez um leve movimento com a cabeça que interpretei como um assentimento. A senhora abaixou-se, tomou meu rosto entre a seda de suas luvas. Aproximou seu belo rosto do meu. Naquele momento senti que usava o perfume de que papai tanto gostava, o mesmo que mamãe já usara. Beijou-me com doçura, depois abaixou-se bruscamente e apertou-me forte contra o peito. Seu chapéu ficou atravessado;

eu sufocava. Senti então lágrimas escorrerem pelo meu rosto. Ela chorava.

— Vou acompanhá-la — murmurou mamãe.

— Que sorte tem a senhora! Eles se parecem tanto...

Ergueu-se, ajeitou de volta o chapéu, deu dois passos em direção ao leito e voltou-se.

— Adeus, Pierre, desejo que sejas feliz.

Amélie esboçou uma pequena reverência quando a dama passou diante dela. Depois mamãe e ela desapareceram pela porta da saleta.

— Vamos, tens que te lavar. Sabes que horas são?

— Não, ainda não, quero esperar mamãe.

— Ora, Pierre, vem já comigo, sim?

— Tens que obedecer, estás me ouvindo?

Mamãe estava atrás de mim, tinha as mãos em meus ombros.

— Quero ficar aqui com a senhora, ficarei bem-comportado, lendo na cama.

— Sê razoável, teu professor está esperando e precisas te lavar. Teus olhos ainda estão cheios de marcas da noite. Amélie, basta um banho de gato.

— O jardim, o jardim, madame, essa criança precisa respirar ar fresco e brincar com as outras crianças. A senhora esqueceu as recomendações do doutor Bernheim? Bem, há também a opção de Chantelart...

— Amélie tem razão — reforçou tio Jacques que acabara de entrar sem se anunciar, estranhamente. — Chantelart é uma boa solução.

— Nunca, nunca — disse eu, furioso.

Por que de repente esta nova conspiração? Se Amélie queria conversar com as outras governantas, como tanto gostava, por que não fazê-lo enquanto eu estudava?

— Então é preciso que ouças Amélie. Depois das lições, irás com ela ao jardim.

Antes mesmo que eu saísse do quarto, meu tio se desmascarou por completo. Eu o olhava com raiva mas, no fundo, sem surpresa.

— Por que habituá-lo assim, Aude? Mimas demais teu filho. Cedeste mais uma vez — disse num tom magoado. — Outra coisa, teu filho não pode almoçar contigo e menos ainda dormir em tua cama e passar a maior parte do dia em teu quarto.

— Sei disso. Mas Pierre é uma criança sensível, frágil. Ele é tudo que me resta, podes entender isso, Jacques? Amélie, leva Pierre.

Eu arrastava os pés.

— Isso não impede que ele deva passar mais tempo com seus professores e sua governanta. Ele tem amiguinhos, pelo menos?

— Muito poucos, ele não é muito sociável, tu sabes.

— E não será trancando-o em teu quarto, minha querida Aude, mesmo com o consentimento dele, que ele há de melhorar.

— Pierre, obedece. Não provoques Amélie.

E prosseguiu:

— Ele é esperto, engraçado, um bom aluno...

— Não achas, minha querida, que alguns anos no Colégio Charlemagne ou com os jesuítas formariam seu caráter?

Ah, então isso é um tutor? Meu tio Jacques era, portanto, um inimigo, um malvado que queria mandar-me para bem longe, distante de mamãe, do quarto, do leito.

— Que fazes ainda aqui, a nos escutar? Não ouviste o que disse tua mãe? Vai imediatamente ao encontro de tua governanta.

Jamais esqueci o tom de dureza de meu tio. Ele me era hostil? Fui ao encontro de Amélie, fingindo estar ansioso por encontrar meu preceptor. Devo ter sido persuasivo, já que ela me deixou só na sala de estudos. Assim que ela se foi, que mal se ouvia o ruído de seus passos, retomei, determinado, o caminho do quarto de mamãe. Na ponta dos pés, tendo o cuidado de tirar meus sapatos, colei minha orelha à porta. Depois de um silêncio que me fez duvidar da presença deles, mamãe reiniciou a conversa. Sua voz vinha do salão. Com passos cautelosos, fiquei no corredor, a alguns metros da porta.

— Ontem à noite Pierre perguntou-me quem era a mulher que chorava no cemitério.

Apesar do obstáculo, escutava suas vozes distintamente:

— E o que respondeste?

— O que me veio à cabeça. Disse que era uma amiga de infância de seu pai.

— De infância, com certeza não, mas uma amiga, isso não é mentir...

— Eu lhe escrevi ontem à noite.

— Como?

— Isso mesmo, escrevi e hoje, de manhã, recebi-a em minha casa. Vou ler o que lhe escrevi. Só um instante.

Ela entrou de novo no quarto. Deve ter ido a sua escrivaninha. Pôs-se a falar mais alto.

— Ah, claro! Coloquei na gaveta da minha mesa-de-cabeceira.

Voltou à saleta onde meu tio, pelo barulho regular no piso, andava de um lado para outro.

Charles acreditou, até o último momento, que eu ignorava sua existência. Ora, os bolsos de um marido são falastrões e ingratos. Delatam com prazer! O teatro de vaudeville nos oferece uma boa caricatura!

Por que ele me abandonou, por que preferiu a senhora a mim, a sua mulher, a sua família?

O que tem a senhora de tão forte, de tão extraordinário que eu não tenho, para que ele tenha passado, durante mais de três anos, quase todas as noites no clube!!

A senhora sabe, por certo, o quanto ele amava o seu clube, um pouco de jogo, a leitura dos jornais, os amigos de sempre... a política também. Mas antes ou depois do clube, imagino que ele fosse encontrá-la na rua d'Alger. Cômodo endereço... talvez confortável...

Eu amava profundamente meu marido. Foi por esta única razão que nunca abordei o assunto, que nunca tentei encontrá-la. Hoje a vi, viúva frustrada, ignorada, isolada. Causou-me pena, sim, de verdade, a senhora causou-me piedade.

Até a morte de meu marido, via na senhora uma ladra, mas hoje é a morte que o rouba de mim, de nós... que nos reúne.

Essa provação me dá forças não apenas para deixar de odiá-la como, ao mesmo tempo, para sentir piedade, para perdoá-la por todos aqueles momentos que ele lhe deu, enquanto eu esperava aqui, angustiada e triste. Nada sei a seu respeito e imagino que a senhora também nada saiba de mim. Retornemos, portanto, ao nosso luto.

Adeus,
Aude Charlieux-Doucet

— Ter escrito aliviou-me, liberou-me de um peso. Sem isso eu não poderia dormir. Ontem dormi profundamente, pela primeira vez em semanas. Mas antes de deitar-me mandei que acordassem o bom Gustave para que entregasse a carta na rua d'Alger. Ele ficou muito surpreso, sem dúvida mais do que se permitiria dizer... enfim, pedi-lhe que me dissesse se conseguira entregar a carta em mão, conforme eu insistentemente recomendara.

— E então, ele conseguiu? — perguntou meu tio ansioso.

— Sim.

— Que história!

— Essa história tem uma seqüência.

— Estou ficando preocupado, conta-me.

— Hoje de manhã, às nove horas, ainda estava meio adormecida quando Julie veio anunciar que uma senhora queria me ver, uma vizinha. Compreendi imediatamente que se tratava dela. Pedi que a conduzissem à saleta e fui encontrá-la depois de ter enfiado um robe, não sem antes passar um pouquinho de pó-de-arroz e pentear os cabelos. Coloquei o perfume de que Charles-Eugène tanto gostava, e entrei no aposento.

Ela estava de costas olhando as miniaturas que conheces e que estão ali na parede. Virou-se. Não lhe dei bom-dia. Perguntei se desejava um café ou um chá.

— Não, obrigada — respondeu-me toda humilde. — Não quero incomodá-la, sei o quanto já o fiz.

— Sente-se, por favor.

Foi quando notei que usávamos o mesmo perfume.

— Incomodo se ficar de pé? Sinto-me melhor assim, desculpe-me.

— Como quiser. Vou me sentar, estou demasiado cansada.

— Não consigo mais descansar...

Calou-se e em seguida, depois de um minuto, dois talvez, tão difícil medir o silêncio...

— Eu estava na Itália com ele...

Mais uma vez calou-se.

— Ele nunca falou de mim, nunca, eu sei e era assim que ele queria. Tinha boas razões para isso. Em compensação sempre falou da senhora, muito... Deus, quanto ele a amava!

Ela continuava de pé e agora olhava pela janela. Eu não podia ver seus olhos, mas os imaginava olhando sem ver as árvores nuas do jardim, a fumaça das locomotivas a vapor vindo da estação d'Orsay.

— Eu também estou doente. Tenho sífilis, o terrível e vergonhoso mal italiano. Sinto vergonha. Este é o mais triste dos raros presentes de Charles. Sim, eu sei, ele a evitava, mas fique feliz e o abençoe. Ele a venerava... mas o que poderia fazer? Renunciou à senhora desesperado, fugiu. Eu o acompanhei em seu infortúnio até perceber que comigo ele não tivera os mesmos escrúpulos que com a senhora. Aí está, a senhora o perdeu, mas tem seu filho, seu único filho. A senhora pode sentir-se feliz. Em três anos, não tive senão abortos: dos três, dois espontâneos... A carta da senhora é injusta, muito injusta...

Calou-se. Continuou:

— Tenho um grande favor a lhe pedir.

— Diga, por favor. Se me for possível.

— Ele nunca me deu uma fotografia sua.

Hesitei.

— Acompanha-me a meu quarto.

— Como é bonito! — exclamou ela.

— Sente-se.

Fui buscar as fotos na caixa guardada em meu armário.

— Por favor, quer escolher a senhora mesma?

Ela se pôs a olhar atentamente cada uma das fotos, e depois de hesitar:

— A senhora se incomodaria se eu escolhesse uma em que Charles está com o filho?

Senti uma pontada no coração, mas não deixei que ela percebesse.

— Por que com o filho? — perguntei mesmo assim.

— Ah, senhora... porque ele dizia que não sabia demonstrar o quanto o amava. Gostaria de rezar por ele, de pensar que o filho que não pude ter seria parecido com Pierre... Mas tenho que ir. Quero voltar hoje mesmo para a Itália, passar mais algum tempo na casa que ele alugou.

Ela chorava. Eu mesma estava abalada. Tomei suas mãos nas minhas e ficamos ali por um momento, silenciosas.

— Queria, antes de partir, que a senhora me perdoasse.

— Perdoá-la, mas perdoá-la por quê? Muito pelo contrário... posso chamá-la de Adeline?

— Oh, de muito bom grado.

— Então pode me chamar de Aude. Adeline, eu lhe serei reconhecida pelo resto de minha vida por tudo aquilo que fez por ele. Por certo ele estava infeliz, doente, mas foi à senhora que ele pediu ajuda. Foi com a senhora que ele passou seu tempo, não comigo.

— A seu modo, ele amou-me, não nego, mas via-me mais como uma irmã, uma alma irmã, capaz de com ele compartilhar a dor, a angústia. Já é muito, embora fosse para poupar Pierre e a senhora.

— Mas já pensou em como será a minha vida agora? Eu também preferia...

Ela interrompeu-me com veemência:

— Não se engane, não se engane nunca! Eu estou perdida e a senhora vai viver, é jovem e eu estou doente. A senhora precisa viver, é o que ele dizia, o que desejava, chegou a escrever-lhe, a senhora não tem a carta?

Eu a interrompi:

— Que carta? Onde está essa carta?

— Por que será que não a recebeu? É estranho... — disse ela. — Bem, realmente tenho que ir.

Pouco protegido pela parede, sob o risco de ser descoberto a qualquer momento, fui tomado, pela primeira vez em minha existência, de um sentimento que, hoje sei, trata-se de remorso, culpa. Essa mulher, essa estranha, me comoveu, marcou minha vida profundamente. Suas palavras fortes, corajosas, foram mais proveitosas do que todas as reprimendas recebidas em minha infância. Devo a ela, sem dúvida, o caminho da verdadeira ternura, do respeito ao outro. Isto, no entanto, só vim a compreender muitos anos depois.

Mamãe então disse:

— Pareces exasperado, Jacques.

— Não, nada disso. Apenas nervoso, cansado.

Ela continuou:

— Arrumei as fotos e foi então que ouvi ruídos no corredor, alguém tentava abrir a porta daquela maneira particular que reconheci ser a de Pierre. Mandei que entrasse com uma Amélie sem fôlego por ter tentado detê-lo. Apresentei a visita como a amiga de infância de quem lhe falara no dia anterior, quando ele perguntara: "Quem era a dama de negro que chorava no cemitério?"

Mamãe tocou a campainha. Senti o perigo. Ao retirar-me às pressas, desastradamente, deixei cair um de meus sapatos. Ouvi, quando já estava bem longe, no corredor, chegando à sala de estudos, a voz do meu tio reclamando:

— O que faz este sapato de criança aqui?

Capítulo IV

Do Jardim das Tuileries chegavam ao quarto, cujas janelas estavam escancaradas, ondas de música misturadas aos gritos de crianças brincando de cabra-cega ou com os *cerceaux** e amarelinha. Os plátanos e as tílias já expunham há bastante tempo os seus brotos. Da cama podiam-se ouvir os pios de uma multidão de pardais, que, todavia, não cobriam o barulho seco dos cascos dos cavalos no calçamento de madeira das ruas nem aquele, semelhante ao rufar de tambores, das rodas com aros de ferro dos fiacres e ônibus.

O tempo estava bonito e o calor dos belos dias de maio já invadia os aposentos, cujas lareiras e braseiros funcio-

*_Cerceau_ — aro de madeira que as crianças fazem girar empurrando-o com um bastão. (*N. da T.*)

navam apenas no fim do dia. O pesado edredom já tinha sido guardado, e eu estava feliz, vitorioso, pois mamãe parecia ter renunciado à idéia de enviar-me para um colégio. Eu só teria que passar, e com ela, três semanas em Chantelart depois da festa nacional. Precisei de astúcia, manobras, fiquei até doente para alcançar esse resultado.

Poderia ter perdido tudo o que amava no mundo, dois meses antes. O leito, o quarto de mamãe, todo o meu maravilhoso universo poderia desabar, para sempre desaparecer.

Depois que eu ouvira meu tio e tutor tentando convencer minha mãe da força educativa e formadora do colégio e começando a instilar em seu espírito vulnerável a insidiosa idéia de afastar-me dela, eu estava alerta.

Sua ofensiva deve ter dado frutos. Numa noite de fevereiro, tendo eu transformado o leito em campo de batalha, instalando minhas divisões de soldadinhos de chumbo nas planícies dos lençóis e nas alturas dos travesseiros, justamente no momento em que os hussardos do Marechal Ney começariam sua descida até as posições do duque de Wellington, mamãe veio, de sua mesa até o local das operações, agitando na mão um lenço branco.

— Peço uma trégua ao general Pierre — disse ela no mesmo tom sério que eu empregava ao dar as ordens para os preparativos da batalha.

Fingi tocar uma corneta para anunciar aos diversos regimentos o adiamento do ataque.

— Meu pequeno Pierre, eu pensei muito, tio Jacques...

Senti que ela não estava à vontade, mas ela prosseguiu, hesitante:

— A educação de uma criança é uma coisa difícil, sobretudo quando se trata de um filho único. Tu não tens amigos, isso te faz falta. No outono, quero que entres para o colégio dos jesuítas como interno.

A desolação abateu-se então sobre o leito, sobre o centro do mundo. Não havia mais exércitos magníficos prontos para o combate, mas dezenas de pedaços de chumbo colorido, irrisórios e ridículos. Terminada, evaporada a felicidade daquelas horas deliciosas em que é tão bom esperar o sono, findo o deleite de reencontrar mamãe de manhã entre os lençóis sedosos e perfumados, uma bandeja de café da manhã nos joelhos, sorridente, bem aconchegada em seus travesseiros.

Eu nada disse, nem uma palavra sequer, nem uma lágrima derramada, e, pela primeira vez, pedi para voltar para o meu quarto antes da hora.

— Vou arrumá-los sozinho — acrescentei ao ver que "ela" pretendia ajudar-me a alojar a tropa abandonada em suas casernas de papel.

Na noite seguinte, depois de um dia silencioso, fui, como um bom filho, dar boa-noite a mamãe.

— Fica aqui comigo. Por que tens que deitar tão cedo?

Não respondi.

A febre começou dois dias depois. Insidiosa, de início, forte o bastante, no entanto, para deixar-me caído, esgotado, resmungão. Amélie avisou minha mãe, que não quis ceder rápido demais às inquietações de mãe.

— Vamos esperar até amanhã antes de chamar o doutor Bernheim. Por que não o colocamos em meu leito até o jantar?

— Eu já propus a ele pedirmos permissão a madame para que ficasse, mas ele não quis. Esse menino ficou esquisito de repente, hostil. A senhora acha que é uma reação tardia à morte do pai?

— Não sei, Amélie, deve ser apenas o efeito de uma corrente de ar... Irei vê-lo mais tarde.

Dois dias depois, pela manhã, o doutor Bernheim estava na minha cabeceira. A febre não cedera, muito pelo contrário, ensopara meus lençóis.

— Ele teve tremores? — o doutor Bernheim estava preocupado. — Está tomando água açucarada em abundância? Mas como recusa? Há quanto tempo está com febre? E só agora mandam chamar-me? Desculpe, madame.

O médico voltou à noite quando Amélie, que não deixava mais o meu quarto, ouviu-me delirar.

— O cavalo, o cavalo branco!

— O que estás dizendo, Pierrot?

— Cuidado, papai!

Ela colocou uma compressa de água fria em minha testa. E tocou e tornou a tocar a campainha e chamou em voz alta, em vão, a cozinheira que dormia bem embaixo, perto da cozinha. Ela não queria ceder ao pânico, mas o temor de que a doença se agravasse atravessou-lhe o espírito. Amélie saiu do quarto para buscar ajuda. Passando diante do quarto de mamãe, não hesitou. Depois de bater forte, entrou sem esperar resposta.

— Madame, madame!

— O que houve, Amélie?

— O pequeno, o pequeno.

Na escuridão mamãe procurava seu robe e, os pés nus, já corria para a porta.

— Acorda Gustave e manda que ele vá buscar o doutor Bernheim.

Quantas vezes ouvi essa narrativa... Mamãe enxugava minha fronte, sussurrava palavras afetuosas. Finalmente o doutor chegou. Examinou-me, tomou meu pulso, inquietou-se quando foi verificar meus reflexos.

— O que devemos fazer, doutor?

— Precisamos, madame, mergulhá-lo em um banho frio o mais rápido possível. A febre chegou aos 40, 41. É preciso que diminua rapidamente.

— O senhor não tem medo que ele tenha convulsões, doutor? — arriscou Amélie.

— Melhor tratar das coisas que lhe competem, minha filha. Claro que existe sempre a possibilidade, mas quem nada arrisca nada tem. Madame — disse ele a mamãe —, podemos falar por um instante?

Em meu leve coma, escutava todos os sons, todas as vozes. Sem dúvida, não desconfiaram de uma criança ardendo em febre.

— Madame, seu filho sofre de uma febre maligna como raramente vi numa criança.

— E então, doutor?

— Prefiro reservar-me, madame.

— O que o senhor quer dizer?

— Madame, vou dar-lhe eu mesmo o banho. Ficarei aqui com ele. Não estou nada tranqüilo.

Mamãe pôs-se a chorar.

— Recomponha-se, madame.

— Compreenda, doutor. Ele é tudo que eu tenho.

— Envie alguém para acordar o farmacêutico da rua d'Anjou. Ele deve aviar, o mais rápido possível, o que prescrevi nesta receita.

— Amélie, vai buscar Gustave — gritou mamãe desvairada.

O banho tirou-me do torpor. Abri os olhos; o médico estava a meu lado.

— Pierre — disse ele —, precisas fazer um grande esforço. Tenta não dormir outra vez. Madame, pode mandar que lhe dêem café em uma mamadeira?

— Mamãe... — gemi estendendo-lhe a mão.

— Meu pequerrucho, olha, mamãe vai te dar a mamadeira como quando eras um bebezinho. Precisas viver, precisas — murmurou.

O doutor Bernheim, exemplo de devotamento e força de caráter, velou-me a noite inteira. Por volta das sete horas, despediu-se dizendo que retornaria às onze e meia, depois das suas consultas.

— Mande chamar-me se a febre voltar a subir. Com os medicamentos e o banho, creio que conseguimos provocar uma reação de defesa do organismo. No momento, vamos deixá-lo dormir e trate de descansar também. Ele vai precisar da senhora quando acordar, mas deixe alguém para cuidá-lo.

A febre ainda fez das suas, mas não voltou a subir a ponto de se precisar chamar o bom doutor Bernheim.

Quatro dias depois dos acontecimentos da noite da crise, teve início uma convalescença que se constituiu no apogeu desse período de minha vida.

— Como me assustaste! Mas enfim a angústia passou, meu filhinho querido. Já estás melhor, graças aos céus! Queres que eu mande acomodar-te em minha cama? E gostarias de passar a convalescença em meu quarto?

Balancei a cabeça em consentimento, mas sem sinais de júbilo; isso poderia parecer suspeito.

Ah, os tempos felizes! As sessões de lanterna mágica que se sucediam às leituras dos pequenos dramas de Sophie. Mamãe, tardes inteiras, se transformava em vivandeira para ficar no campo de batalha em que seu grande leito se transformara desde os primeiros dias de minha recuperação. Depois da sesta obrigatória, ela sentava-se ao cravo e eu tinha direito a um recital. Como eram bons, naquele começo de primavera chuvosa, os momentos de verdadeira felicidade.

Meu preceptor, já no terceiro dia, pediu para retomar suas lições. Tive, a partir da tarde, um tossezinha seca e um pouco de febre. Ele teve que renunciar às suas pretensões, e conformar-se com a espera. Meu tutor, ao saber da novidade, voltou de Lyon onde estava a negócios. Veio diretamente da estação, ainda coberto de fuligem, sem passar em casa para trocar de roupa.

Eu não ouvia sua voz mas sabia que ele chegara e que certamente esperava, homem educado que era, sua querida cunhada na entrada do salão maior, pois tinham acabado de avisar mamãe, absorta em uma partida de paciência. Ela mandara colocar a mesa de jogo bem perto da cama, arranjar as cartas voltadas para mim e comentava as jogadas com um talento de boa explicadora.

— Mas... em que quarto ele está?

— No meu — respondeu minha mãe ligeiramente surpresa, como se isso fosse totalmente evidente não só para ela, mas para todos.

— Ah!...

A um ar de espanto respondeu um outro ar de suspeita. Percebi, talvez mais até que mamãe, o tom daquele Ah!... Não havia no seu tom de voz apenas surpresa, mas aborrecimento, inquietação.

Meu caro tio Jacques, meu tutor! Ele era dez anos mais velho que meu pai, diferente dele física e mentalmente. Meu pai era longilíneo, o rosto imberbe de belos traços finos, olhos claros cor de avelã desenhados como os de uma moça, ao passo que meu tio era pesado, corpulento. Grande, rosto redondo, uma barba em voga naquela época, olhos castanhos escuros escrutadores e inquietos.

Tinha em comum com meu pai um belo sorriso e uma voz que às vezes incomodava mamãe, tanto era fácil confundi-la com a de papai.

— Belo e doce sobrinho, eis que estás quase recuperado!

Ele utilizava esses dois adjetivos, os mesmos que Carlos Magno usava, como reporta a *Canção de Roland*, cada vez que se dirigia a seu sobrinho. Essa solicitude me exasperava. Era falsa, eu tinha certeza. Odiava-o por tentar convencer mamãe a colocar seu filho único no colégio. Suspeitava, sem ter provas, de que tinha a intenção de se mudar para a rua de Rivoli. Não havia ele, no dia do enterro de papai, sugerido passar a noite em nossa casa?

Essa concepção da educação, para um viúvo sem filhos como ele, correspondia, sem ser totalmente desprovida de preconceito, a uma visão clara e sem sentimentalismos do processo educacional de um menino órfão de pai e que, mais ainda, ficava sozinho da manhã à noite com uma jovem mulher cujo único objetivo deveria ser, é claro, um novo casamento depois de um tempo razoável.

— Ufa! Que bom te ver sorrir. Amélie acaba de me dizer que há pouco ardias em febre, e suavas copiosamente.

— Mas não chorei — respondi orgulhoso.

— Bravo! Muito bem, meu pequeno Pierre. Para recompensar-te por tua coragem, vou, se tua mãe concordar, te ensinar a jogar xadrez.

Amélie enrolou-me um cachecol ao redor do pescoço, vestiu-me um roupão de lã por cima da camisa de dormir e fui me instalar na mesa de jogo, afundado em uma poltrona onde haviam colocado duas almofadas bem grandes.

Aprendendo a jogar, observava com avidez tio Jacques. Ele ensinava-me a atenção, o cálculo, a tática. Neste exato momento tive a confirmação, bem antes de mamãe, de suas intenções.

— Quem está aí?

Eu estava escondido há uma hora ao pé do leito, todo abafado, sempre de chinelos para evitar repreensões.

— É preciso pagar o pedágio, madame.

Amélie, com a paciência e a indulgência exigidas por mamãe, pagava em uma moeda que eu mesmo inventara, desenhara e colorira, o imposto que lhe permitiria entrar e sair do quarto. Eu estava deitado no chão, no grande tapete, dois terços do corpo escondidos pelo cobertor que caía como uma cascata de tecido espesso com motivos de caxemira, até o chão. Fechava um olho, depois o outro, nunca os dois, sempre alerta. Observava o meu mundo de baixo para cima e tudo parecia surpreendente desse ponto de vista. Porém o que mais gostava era de olhar as botinas e as pernas das senhoras. Tinha uma curiosidade de criança que desperta para a vida e me deleitava ter Julie, mamãe e Amélie ao alcance de meu olhar de jovem curioso.

Observava então, provocando a meu bel-prazer, as idas e vindas de minha vítima. Amélie usava meias, *panties?**

Transformava-me em um caçador, um explorador em busca de emoções fortes. Foi de uma dessas sessões de jogo tão especiais que voltei, já no final de minha convalescença, com um butim bem surpreendente.

Meu tio, ao sair de seu escritório de advogado situado no Boulevard de l'Opéra, passava primeiro na rua de Rivoli e depois, se não jantasse com mamãe, caminhava até o cais Malaquais, onde possuía um grande e triste apartamento, no qual morava sozinho, desde que ficara viúvo, entre empregados silenciosos.

---

*Calções de baixo, em inglês no original. (*N. da T.*)

Costumava deixar, quando vinha me dizer boa-noite, sua pasta cheia de documentos ao pé da cama. Tomava-me a lição (minhas aulas tinham recomeçado), e depois me contava mais um trecho de uma história inventada por ele mesmo, esquecendo freqüentemente os capítulos precedentes, enquanto eu lembrava de cor as peripécias do urso verde ou do macaco púrpura.

Estava combinado que aquela noite ele ficaria para jantar com minha mãe. A pasta, da qual ele retirara um dossiê de venda de uma granja pertencente a meu pai, ficou aberta. O tutor, leal, desejava mostrá-lo a minha mãe. A pasta transformou-se em meu alvo. Meu tio e mamãe estavam na saleta, ocupados em calcular o montante referente a dez anos de aluguel, Amélie e Julie estavam na lavanderia. Eu percebia, por sua maneira de responder, que ela esforçava-se por compreender. Não se tratava do meu patrimônio? Merecia, portanto, alguns minutos de concentração nas cifras de três decimais e nos contratos com cláusulas herméticas. Aproximei-me de minha presa sorrateiramente. Ela me provocava como uma ostra aberta, convidando à cobiça.

Cobiçara, num passado recente, ligas, bolsinhas de mamãe, o cesto de compras da cozinheira, mas a pasta de trabalho de meu tio era uma novidade para mim.

Ordem e método reinavam nos diferentes compartimentos. Os dossiês, organizados por um jovem estagiário ou por uma velha secretária, poderiam ser retirados, sem dificuldade. Havia em seu interior um pequeno bolso, em tecido, fechado por um grande botão de pressão. Abri-o com grande prazer. Encontrei algumas notas de cem francos novinhas, presas numa argola de prata, uma carta com tarja tricolor, e um envelope endereçado à Ordem dos Advogados. Ao ver o sobrescrito, imediatamente lembrei-me de uma caligrafia conhecida. Com dedos hábeis, retirei o envelope de seu esconderijo. Trazia escrito, com a letra de papai, "à madame Charles-Eugène Charlieux-Doucet, aos cuidados do Dr. Jacques Charlieux-Doucet, 27, Cais Malaquais". O envelope não estava aberto. Não prossegui em minhas investigações. Com o coração aos pulos, peguei a carta sem pensar, um instante sequer, nas conseqüências de meu furto. Rastejando cheguei ao meu esconderijo, no canto mais escuro do quarto, lá onde as mulheres da limpeza, encarregadas da faxina mais profunda, passavam somente uma vez por mês. Havia, sob o tapete, uma peça do parquê que estava solta. Lá já estavam guardados alguns segredos, porém aquele tinha, mais que qualquer outro, o seu lugar garantido. Bem mais tarde àquela noite, depois do jantar, quando mamãe tinha aceitado dar um pequeno passeio sob as arcadas, em companhia do meu tio e Amélie acreditava que eu já dormia, voltei para ver se meu tesouro continuava sob o taco. Instalado atrás do biombo, à luz de uma vela "emprestada" da cozinha, decifrei, com grande dificuldade, algumas frases da letra de papai. O valor de minha pilhagem me apavorou. Nessa noite soube que jamais iria ao colégio. Pé ante pé voltei a meu quarto, a minha cama. O coração batia forte, forte demais para que eu conseguisse dormir.

Capítulo V

Mamãe nunca mais tocou, depois da minha doença, no assunto de minha partida para o colégio. No entanto a chama ainda bruxuleava. Voltaria a arder? Eu não sabia, mas por quanto tempo?

Tive que retomar as aulas na sala de estudos e mamãe me convidara gentilmente, quase que incomodada, a brincar de novo em seu quarto. Em contrapartida, eu concordara, com bastante senso tático, em aumentar os números de passeios no jardim. O doutor Bernheim, que salvara minha vida, havia declarado, sentencioso:

— Sua saúde depende do exercício, que ele deve fazer todo dia, ao ar livre, quando o tempo permitir, e o tempo nos permite muito mais do que imaginamos!

Vestido como um menino comportado de boa família, exibindo uma braçadeira de luto que me conferia um *status* particular entre as meninas, enfrentei, quase que diariamente, o mundo masculino. A força vinda do leito e do quarto de mamãe permitia que eu suportasse, sereno, as rasteiras, os tapas, os roubos do *cerceau*, as discussões violentas. Por acaso, Amélie estava sempre de costas quando eu recebia um soco nas costas ou um punhado de areia nos olhos. Eu não fazia o tipo lamuriento e sim o vingativo. Também aprendi, rápido, a esbofetear e aplicar com força tapas que ardem na bochecha gelada pelo vento de novembro. Meu esporte favorito passou a ser a elaboração e o refinamento de mentiras e artimanhas capazes de provocar a discórdia não só entre meus inimigos como entre as governantas. Tornei-me mestre na arte mesquinha da delação sutil, da dissimulação. Acabei sendo detestado por todos: babás e colegiais. Era temido e respeitado mas odiado.

As horas passadas no jardim, para que de mim se fizesse um menino saudável e tivesse amigos, foram um fracasso. Continuei frágil até a adolescência, e minha imensa repulsa por esse pequeno universo de domésticas e criancinhas insuportáveis não teve outra compensação senão o prazer que meus delitos me proporcionavam. Minha adesão forçada ao mundo das Tuileries podia, no entanto, me ajudar a evitar, quem sabe, o suplício do colégio e o exílio em Chantelart. Era preciso suportá-lo para encontrar, do outro lado da rua, acima das arcadas, o quarto de pesadas cortinas que abrigava minha felicidade.

Como apressar a hora do retorno? Depois da aula de cálculo, de literatura e do *pensum*,* reencontrarei o grande biombo japonês, o cravo decorado com pinturas à Watteau. Entretanto, naquela noite, algum acontecimento grave teve lugar.

— Amélie, põe mais um travesseiro nas costas dele e traz também um pouco de leite quente.

A solicitude de mamãe era como um delicioso ungüento suave e tranqüilizador.

— Como estou feliz de ver-te novamente saudável, meu filhinho querido! Sim, Julie, o que queres?

— Posso mandar entrar o senhor Jacques?

— Que entre... ou melhor, acompanha-o até a saleta.

Mamãe, atrás do biombo, colocou o pó-de-arroz e o perfume. O perfume do pó e da essência de flores que ela usava confirmou a iminência de um perigo.

— Oh, minha cara Aude! Estás resplandecente de beleza.

— Não digas isso. Antes de mais nada porque não é verdade e depois porque, se o fosse, não seria apropriado para uma viúva.

*Trabalho suplementar imposto a um aluno como punição. (*N. da T.*)

— A vida tem que continuar! Daqui a alguns meses terás que pensar em retomar uma certa vida social.

Mamãe pôs-se a gargalhar.

— Vida social! Mas, Jacques, sabes muito bem que nem no tempo de casada eu tinha uma "vida social", como dizes! Não, eu gostaria, talvez, de viajar... Tenho muita vontade de ir à Suíça ou à Itália, ou quem sabe não poderia alugar uma casa em Nice ou em Menton?

— E o que farias com Pierre-Edmond?

— Minha intenção é levá-lo comigo. Por que não levar também Amélie e Julie para ajudarem-me e talvez até seu preceptor?

— Pensaste nas despesas?

— Não, francamente não, e confesso que isso realmente não me preocupa.

— Vê bem, acho a idéia da viagem excelente... Mas talvez fosse mais prudente e mais interessante fazê-la sem seu filho. Nós tínhamos, lembra-te, pensado em colocar Pierre no internato.

— Lembro-me. Mas acreditas que isso seja realmente adequado? Ele é tão sensível, tão frágil...

— Justamente, o colégio há de fortalecê-lo. A companhia de meninos da sua idade e o rigor da disciplina dos padres só lhe trarão benefícios... Além do mais, não há melhor ensino que o dos jesuítas.

— Eu sei, sei disso, mas será que tenho mesmo vontade de fazer isso? Separar-me dele agora que Charles já não está aqui e sem ter outra criança?

— Não sejas egoísta, Aude. Pensa no futuro do menino, no que ele necessita.

Estava abismado com tamanha má-fé. Tio Jacques tentava transformar, aos olhos de mamãe, minha infelicidade em bênção.

— Pensarei mais a respeito.

Fez-se silêncio.

— Por que não começar a sair um pouco, a um restaurante pelo menos? — perguntou num tom de voz diferente.

— Nem pensar! Só a partir do ano que vem, e ademais, meu amigo, com quem poderia eu sair?

— Comigo, em família!

— Ah, contigo! Mas com prazer, meu caro Jacques! Só que precisarás esperar um pouco... a menos que me acompanhes em uma viagem, por exemplo em setembro, depois do verão, ao lago de Quatre Cantons ou de Lugano. Sonho com essa viagem desde menina.

— Mas que excelente idéia!... A porta está fechada? Não, espero que Pierre não tenha ouvido! — disse ele abaixando a voz.

— Vou ver o que ele está fazendo — respondeu ela.

Mamãe, em um rumor de seda arrastando-se pelo chão, entrou no quarto e viu seu filho fingindo dormir tranqüilamente. Aproximou-se da cama em passinhos leves para melhor saborear, emocionada, o tocante espetáculo.

Mas a realidade era bem diferente; o sono era fingido e eu só pensava na maneira de escapar daquele odioso complô e vingar-me de meu tio pelo seu egoísmo.

— Oh, Jacques, não imaginas como ele é encantador assim adormecido em minha cama.

— Fecha, de todo modo, a porta; não devemos acordá-lo.

À medida que se passavam as semanas, mamãe punha-se cada vez mais coquete. Apesar de sempre rigorosamente enlutada. As fileiras de finas pérolas, os broches de diamante, os alfinetes e pentes de cabelo de marfim, incrustados, à moda antiga, de ouro e pedras preciosas, faziam sua reaparição, rompendo a tristeza e o rigor dos vestidos sombrios e sem enfeite.

O guia Baedecker da Suíça e o da Itália encontravam-se na mesa-de-cabeceira, abertos nas páginas de Lugano e de Como. Mamãe mostrava-se sempre atenciosa e cheia de cuidados comigo mas deixara de ser apenas mãe; voltara a ser mulher. Eu a observava sem raiva e sem temor, mas pensava, obsessivamente, num meio de desacreditar meu tio aos olhos dela.

A Exposição Internacional desse ano de 1900 e as festividades do 14 de Julho arrancaram-me do quarto. Pela primeira vez, vislumbrei outras perspectivas de prazer além daquelas, sempre deliciosas, do meu mundinho. Os cavaleiros e infantes desfilando nos Champs Elysées, a subida da Torre Eiffel e a vista de Paris que se tinha lá de cima, os estranhos pavilhões do Trocadero, o imperador Alexandre III depositando a pedra fundamental da ponte que levaria seu nome. Descobria, fascinado, graças a meu tio Jacques, todas aquelas novas maravilhas. No entanto eu desconfiava. O que escondia essa gentileza? Ele era um guia cheio de recursos e energia, infatigável em seus passeios, andando num passo difícil de acompanhar, embora não me queixasse, ao contrário, eu pedia mais.

Às vezes encontrávamos mamãe para o almoço ou para um chá em um dos pavilhões da Exposição. Nós a achávamos ainda mais bela entre as plantas exóticas, chapéus extravagantes, na moda naquele ano. Sentada, uma sombrinha na mão, seu porte era o de uma rainha e os gestos de uma elegância inata. Eu observava meu tio que a fitava com admiração e, apesar do perigo e do ciúme, sentia um certo orgulho.

Depois veio a partida para Chantelart. Meu tio nos acompanhou à estação do Norte. Para que todas as malas e caixas de chapéu, sob os cuidados de Amélie e Julie, pudessem tomar conosco o trem de Compiègne, além do nosso carro, conduzido por Gustave, meu tio alugou dois fiacres. Esse espetáculo de valises empilhadas e a excitação dos últimos preparativos conservam em minha lembrança um lugar privilegiado. Quase me esquecia que partíamos para Chantelart.

Mas na hora de partir ninguém conseguia me encontrar. Eu estava sozinho no quarto de mamãe, cujos postigos, como todos na casa, estavam fechados. Julie me encontrou debaixo da banqueta com pés esculpidos colocada ao pé da cama. Eu chorava em silêncio, profundamente triste por ter que deixar por um mês, talvez mais, o quarto de mamãe.

— Ah, estás aqui! Mas o que fazes aí sozinho, no escuro? Mas que grande tristeza é essa?

— Quero ficar aqui.

— Nem pensar! Acompanharemos a senhora sua mãe.

— Mas eu quero ficar aqui com mamãe.

— Parecias tão feliz há pouco! Ah, se tua avó te ouvisse!... Chega de criancices. Vamos... Me dá a mão. Ai!, safadinho, me mordeste! Tu me machucaste, sabes? Vou buscar teu tio, tenho certeza de que não vais tratá-lo dessa forma...

A dor gerara intimidade.

— Empresta-me o teu lenço. Quero assoar-me.

— Se me pedires desculpas...

— Eu te peço perdão.

— Até que enfim! Vamos, então, está todo mundo te procurando.

A viagem transcorreu num calor sufocante, a fuligem das caldeiras impedia que abríssemos a janela, para que ao menos nos soprasse uma brisa. Eu meditava em silêncio, no ar quente e confinado, naquele beijo prolongado que meu tio depositara na luva de mamãe, na despedida.

Durante toda a viagem, mamãe, animada, só falou da Itália. Compreendi que estando nosso retorno previsto para o dia 15, as duas últimas semanas de agosto seriam as minhas últimas na rua de Rivoli, antes de partir para o colégio. Para me certificar, perguntei, com a falsa inocência que me era habitual, se não seria melhor que eu fosse para o colégio no início de setembro, levando em conta a perspectiva de sua viagem.

— Como fico contente ao ver meu filhinho tornar-se razoável... — disse ela deixando cair um livro grande sobre a influência bizantina em Veneza. — Vem me dar um beijo!

E lá fui eu, a morte na alma, dar e receber o beijo da traidora.

Mammy-Grand enviara à estação de Compiègne sua caleça de dois cavalos e uma grande berlinda, além dos cocheiros e criados trajados de redingote. A cena lembrava, a certos passantes, o tempo glorioso em que os familiares do imperador Napoleão III desembarcavam do trem.

Percebiam-se, nos mais velhos, os olhares nostálgicos diante dos carros elegantes e sua equipagem.

Do assento do cocheiro, onde mamãe me permitira subir, eu via minha avó no final da grande alameda, bem ereta sobre os degraus da escadaria. Para impressionar a filha e o neto, cercava-se de seu pequeno universo de serviçais e domésticos.

À medida que nos aproximávamos, eu reconhecia o padre de Chantelart, rotundo e careca, a dama de companhia de mamãe, Senhorita de Lestaude, prima pobre de uma família rica que Mammy-Grand tomou a seu serviço para melhor lembrá-la, todos os dias, do quanto lhe deveria ser grata, a governanta do castelo, tão alta e magra quanto a cozinheira a seu lado era baixa e gorda.

O castelo, construído no fim do reinado de Luís XV, tinha uma fachada elegante, estragada, conspurcada mesmo por um horrível revestimento cinza com o qual minha avó mandara cobri-la um ano depois da morte do meu avô.

— Ah, já não era sem tempo — disse Mammy-Grand antes mesmo que o carro parasse. — Garanto que tomaram o caminho mais comprido. Senhor cura, queira, por favor, ser útil ajudando minha filha a descer da berlinda.

A governanta já dera ordens para que levassem as malas para o quarto de mamãe. Lembro-me, com tristeza, que meu quarto ficava exatamente do lado oposto do de minha mãe e que, como se fosse de propósito, para chegar lá era preciso passar pelo quarto de Mammy-Grand.

— Quero que antes do jantar — disse mamãe já na escada — venhas até o meu quarto para contar-me como passaste a tarde. De manhã, farás o desjejum comigo, em meu *boudoir*.

O tom de sua voz estava diferente, mais distante, menos cúmplice.

— A senhora aceita, mamãe, que ele almoce e jante conosco? — perguntou ela a Mammy-Grand.

— Veremos, mas só se ele souber se calar à mesa. De todo modo, não esta noite, preciso falar contigo.

Mammy-Grand não amava ninguém a não ser a si própria. Talvez eu fosse, no fundo, igual a ela. Às vezes duvidava até mesmo desse amor. Entretanto as exigências que fazia a sua filha escondiam, quem sabe, uma forma de afeição.

Naquela noite, jantei na copa com a governanta e Amélie. A atmosfera era mais respirável que a da sala de jantar onde Mammy-Grand, cuja devoção à rainha Vitória era motivo de zombaria, impunha um protocolo de corte de princesa alemã a seu séquito.

Depois do jantar, quis me esconder no quarto de mamãe. Ainda estava claro e sabia que encontraria a vasta peça com seu belo assoalho em parquê Versailles reluzente e as grandes janelas em ângulo, com vista para o parque. Mal havia girado a maçaneta quando me vi cara a cara com Julie.

— O que fazes aí, peralta? Amélie deve estar te procurando para que dês boa-noite a tua avó.

— E tu Julie, o que fazes? — respondi impertinente.

— Como podes ver, estou arrumando as coisas de madame nas cômodas e armários.

— Deixa eu ver os armários, me mostra os vestidos e os sapatos!

— Mas o que te deu? Irás agora mesmo para a copa ou para o salão encontrar Amélie, que já deve estar arrancando os cabelos.

— Onde está o cravo?

— Mas tu sabes muito bem que ele não está aqui! Não te lembras que está na sala de música, no andar de baixo?

— Por que a porta do *boudoir* está fechada?

— Já estás me enchendo os ouvidos, pequeno Pierre! Sai ou eu chamo os fantasmas do castelo!

— Não, as bruxas não!

— Então, fora! Olha que eu puxo o cordão da campainha.

Dirigi-me para a porta, mas antes de abrir voltei-me. Aquele quarto fora de meus pais quando eles ainda dormiam no mesmo quarto. Mamãe mandara forrar as paredes com uma seda adamascada branca. Na parede, grandes espelhos com moldura dourada do século passado, toda em volutas. Acima da lareira, reinava um grande retrato de Mammy-Grand jovem, num traje de baile amarelo-claro. Seu rosto assemelhava-se ao de mamãe. Aquela mulher me deixava absolutamente atônito, pois só podia imaginar Mammy-Grand de touca, o queixo duplo e bochechas enrugadas e flácidas.

Minha estada em Chantelart afastou-me mais do leito de minha mãe do que de seu quarto. Na hora do desjejum, eu tinha acesso ao aposento, como estabelecido em nossa chegada. Mamãe vestia, a essa hora do dia, um quimono malva, cor permitida durante o luto aliviado. Certamente teria preferido usar seus suntuosos quimonos de seda vermelha e azul, "mas não ficava bem", suspirava ela, prisioneira das convenções sociais. Entretanto voltara a ser a mulher feliz, radiosa que deve ter sido nos primeiros anos de seu casamento. Aquela mulher, entretanto, usurpava o domínio da mãe adorável e eu a detestava por parecer menos disponível.

Quatro dias após nossa chegada, tio Jacques nos surpreendeu com uma visita. Tinha um ar preocupado, falava pouco e parecia buscar desesperadamente algum sinal de mudança no comportamento de mamãe. Em vão! Mamãe saboreava o prazer de sua presença e aproveitava para fazer, em sua companhia, passeios de caleça e a cavalo no bosque. Eu o surpreendi, no dia seguinte a sua chegada, em seu quarto interrogando uma Julie exasperada com a insistência das perguntas.

— Não, senhor, eu já lhe disse, nem madame nem eu achamos essa carta. Se Amélie a tivesse achado, certamente teria nos comunicado.

— E o pequeno Pierre, ele falou alguma coisa?

— Não, senhor, quantas vezes terei que repetir?

— Seja gentil, é muito importante.

Ele tinha na mão uma nota de cinqüenta francos que estendia para a camareira.

— Aceita esta gratificação pelo incômodo que lhe causei.

— Não é preciso, não foi nada!

— Eu insisto — disse ele, num tom que não admitia contestação.

Julie pegou a nota, que fez desaparecer no bolso de seu avental. Então meu tio, como se o dinheiro não tivesse sido dado pelos serviços prestados, mas por aqueles a prestar, disse:

— Julie, pergunta a meu sobrinho se por acaso ele não viu essa famosa carta. Enfim, algo que possa...

— Bem, eu... posso perguntar ao senhor se no envelope tem algum nome, um endereço?

Meu tio, constrangido, não respondeu imediatamente.

— Trata-se de uma carta endereçada a minha cunhada.

Retirei-me às pressas de trás da porta entreaberta para procurar um lugar neutro. Não havia nenhum, exceto o apartamento da minha avó. Era melhor bater em retirada e me refugiar, o mais rápido possível, nem que fosse no inferno, do que ter que enfrentar a inquietação de tio Jacques.

— Em boa hora! Então agora se entra sem bater! Decididamente, senhor meu neto, o senhor tem todas as qualidades de um perfeito pequeno *gentleman*!

— Peço desculpas, minha avó, mas eu bati...

— Então é isso, vais ter o topete de dizer que sou surda! Não respondas, sim? Senta-te, vem me fazer companhia.

— Eu estava procurando minha mãe, Mammy-Grand.

— Ora, pequeno asno! Então não estás ouvindo o piano? Ou tu é que estás surdo ou me tomas por uma velha idiota!

Impertinência suprema... teria coragem de responder: "os dois, Mammy-Grand"?

— Ah, disse ela, leio em teu rosto que querias dizer os dois. Bandido!

Ria a gargalhar. Eu estava estupefato. Como ela adivinhara?

— Bem, no fim das contas me deixaste de ótimo humor. Mas diz cá uma coisa. O que achas do asno do teu tio?

— Ele é gentil com mamãe e comigo.

— Que beleza! Só faltava ser grosseiro!

O riso dera lugar a um tom grave, preocupado.

— O que acharias dele como padrasto?

— Ah! Se mamãe quiser...

— Sim, sim. Mas tu, o que queres?

— Eu? Eu não quero ir para o colégio. Quero ficar com mamãe.

Ela riu outra vez a não mais poder.

— Ah, está certo. Pelo menos és esperto, sabes o que queres. Fico contente.

E tocou a campainha.

— Senhorita Lestaute, onde estava? Toda vez que preciso da senhorita, não a encontro. Parece que faz de propósito... Faria a gentileza de pedir a minha filha que venha nos encontrar aqui?

Alguns minutos depois, mamãe, inquieta, adentrava o salão de sua mãe.

— Ah, minha querida Aude, sou uma avó feliz!

— Isso me deixa radiante.

— Tenho um neto inteligente!

— A senhora não tinha dúvidas, assim espero...

— Deixa de provocação. Diz-me o que pretendes fazer com esse menino quando voltarem.

— Ele precisa de colegas e de bons professores.

— E daí?

— Bem, seu tio acha que o colégio...

— O colégio o quê?

— Que Pierre poderia entrar em setembro para os jesuítas.

— Perdão. Os jesuítas?

— Mamãe, até prova em contrário, não há melhores educadores.

— Ora, aqueles trasmontanos, aqueles cortesãos cheios de astúcia, tão francos quanto uma mula empacada. Se estivesses falando dos oratorianos, a rigor... Mas os jesuítas! Lembra-te que teu pai guardava dos seis anos passados com os jesuítas de Arras as mais execráveis lembranças. Não, não e não: não é o que convém a teu filho.

— A senhora tem uma idéia melhor, mamãe?

— Talvez, talvez... falarei sobre isso no jantar.

Mamãe agitava as mãos desordenadamente, tomada pelo pânico. O que Mammy-Grand estaria inventando? Por que eu lhe contara sobre o meu pesadelo? Eu certamente não seria incluído no jantar, ia ter que esperar... mas por quanto tempo... espionar como sempre! Não me cansara de ter que espreitar; na verdade, tinha tomado até gosto... e, se fosse preciso roubar, fá-lo-ia sem remorso.

Capítulo VI

Depois de uma rápida passagem pelo salão para despedir-me dos adultos, Amélie me pôs para dormir bem cedo. Mamãe prometera vir me dar um beijo quando subisse para deitar.

Mas, uma vez na cama, não conseguia dormir. Sentia calor, o travesseiro era duro demais. Conformadamente, contei carneirinhos, mas o número deles logo me apavorou. Lá fora ainda estava claro. Levantei-me e corri de camisola até o quarto de mamãe. Julie já retirara a colcha, abrira a cama, separara o robe, as pantufas e a camisola de algodão. Enfiei-me nos lençóis frescos.

— Não te atormentes, Aude, tudo correrá bem.

Com estas palavras sibilinas, meu tio despedia-se de minha mãe, na soleira da porta de seu quarto.

— Obrigada, Jacques, sei que tens razão. Boa-noite, até amanhã.

Ela entrou, fechou a porta nela apoiando as costas, as duas mãos para trás ainda segurando a maçaneta. Levantou os olhos para o céu como quem implora.

— Ah, és tu... me assustaste!

— Eu não conseguia dormir.

— Que noite!

— Conta-me, mamãe.

— Mais tarde, Pierre. Deixa um lugarzinho para mim, sim? Olha só, estás bem no meio da cama.

— Pronto, mamãe. Estou aqui quietinho no meu canto.

— É melhor assim. Por favor, toca a campainha para Julie, quero que ela me ajude um pouco. Estou cansada esta noite.

Apesar dos perigos que rondavam, apesar da tristeza de mamãe, eu estava feliz. Mamãe, ao contrário.

— Ah, Julie, finalmente, onde te meteste? Outra vez na ala dos homens!

— Madame!

— Decidi voltar mais cedo a Paris.

Tive um estremecimento.

— Depois de amanhã ou sábado. É preciso fazer as malas. Meu pequeno Pierre, tu ficarás até 15 de agosto como combinado. Tive um desentendimento com mamãe — disse num tom abatido, sem mais comentários.

— Mas o que aconteceu, mamãe?

— Mammy-Grand se opõe a minha viagem à Suíça e à Itália, e além do mais não quer que vás para o colégio.

Eu respirei.

— Quer criar uma escola aqui mesmo, para ti.

Senti-me sufocar.

— Podes me ajudar, Julie?

Pela primeira vez, pobre consolo, assisti mamãe se despir. Não havia biombo e ela não tinha nem força nem ânimo para mandar-me de volta a meu quarto. Quanta graça apesar do cansaço! Eu vibrava com seu gestual, com o verdadeiro *pas-de-deux* entre ela e sua camareira. O deslaçar das botinas e do corpete era de uma complexidade tal que chegava ao refinamento. Guardei dessa cena, devo confessar, impressões inesquecíveis.

— Pequeno Pierre — disse enfim Julie —, te importarias de olhar para o outro lado?

— É preciso que vás te deitar.

E me sorria cansada.

— Podes ficar tranqüilo, direi amanhã a tua avó, antes de ir-me embora, que não quero para ti uma escola em Chantelart

— E o colégio, mamãe?

— Tenho certeza de que serás muito feliz entre colegas que hás de manter para toda a vida. Depois de minha viagem, prometo que virás para casa todos os feriados.

Eu estava abatido mas ainda não me dera por vencido.

— Agora vai te deitar.

Passei a noite quase sem poder dormir. Não, eu não irei para o colégio, permanecerei junto a mamãe, não quero ficar longe dela. Não, tio Jacques não conseguirá me afastar dela.

Mamãe voltou a Paris no trem da tarde, sozinha com Julie. Quanto a meu tio, partiu no trem da manhã. Amélie, encarregada de vigiar-me, queixou-se de ter sido abandonada, sozinha, em um ambiente hostil.

Mammy-Grand na verdade declarara guerra à filha.

— Como podes — dissera durante o jantar —, preferir o colégio a uma escola em Chantelart?

Minha avó chegou ao cúmulo de se recusar a despedir-se de mamãe e ordenar a seus criados que fizessem o mesmo. Quando mamãe subiu na berlinda, os olhos marejados de lágrimas, só eu e Amélie estávamos lá para dizer adeus.

— Meu pequeno Pierre, meu filhinho querido! Comporta-te e sê gentil com tua avó. No dia 15 de agosto irei buscar-te na estação pessoalmente.

De manhã, logo após a partida de meu tio, fiel a meu hábito, fui "visitar" seu quarto. De meias, para evitar que os rangidos do parquê traíssem minha presença, penetrei no quarto vazio. Um cheiro de água-de-colônia ainda flutuava no ar e um jornal da véspera, aberto, encontrava-se em cima do leito desfeito. Fui até a grande cômoda, abri as gavetas, mas o Arsène Lupin de calças curtas decepcionou-se. Algumas bolas de naftalina rolaram. O cheiro do inseticida atacou minha garganta e empurrei a gaveta.

À esquerda da escrivaninha, em frente à janela, havia um cesto de papel em ferro trabalhado. Lá no fundo vi algumas bolas de um papel creme, manchado de preto, que esperavam a chegada da arrumadeira. Por que, depois de seu infortúnio epistolar em Paris, ele não se mostrara mais cuidadoso? "Gato escaldado tem medo de água fria!" No entanto... Esquecera de queimá-las na lareira ou não tivera tempo de fazê-lo? Ninguém jamais saberia.

Trêmulo, retirei as três bolas, coloquei-as em meus bolsos e, mais nervoso do que se tivesse surrupiado três maçãs do celeiro, fui escondê-las em meu quarto.

Logo depois do almoço, subi para reencontrar meu tesouro. Queria descobrir o que meu tio tinha escrito e acreditara ter jogado fora, para sempre, nesta manhã de agosto, antes de seu regresso a Paris. Mas onde eu poderia lê-las senão no quarto de mamãe, empoleirado no leito império onde eu vislumbrara, tantos anos atrás, pela primeira e única vez, meu pai e minha mãe deitados, lado a lado, na mesma cama. Desdobrei com cuidado as três folhas: duas delas decepcionantes. Na primeira, meu tio, depois de datar, escrevera: "Minha muito querida Aude." Talvez a utilização do "muito" tenha lhe parecido deslocada, exagerada, tanto que estava rasurado. E não fora adiante. Eu o imaginava irritado, amassando a folha. A segunda tentativa também não tinha sido concludente. É certo que ele parecia ter ficado satisfeito com o "Minha querida Aude", já que tal fórmula reaparecia na terceira folha, mas ele não fora além da segunda linha.

"Minha querida Aude

Temo que minha presença tenha desagradado sua mãe e não tenha te alegrado."

A terceira tentativa tinha tido melhores resultados. Teria servido de rascunho para a carta definitiva? Teria ele escrito uma outra versão ou renunciado, desencorajado, a escrever-lhe?

"Minha querida Aude

Receio que minha presença em Chantelart tenha desagradado tua mãe. Possa ela, a ti, a quem tanto aprecio e respeito, ter dado satisfação.

Irei buscar-te esta noite na estação do Norte com Gustave. Poderíamos jantar no Bois se o tempo continuar bonito.

Depois de todas essas provações, tuas férias na Suíça e na Itália seriam mais que merecidas. Voltaremos a discutir o assunto quando chegares. Tem uma boa viagem de volta.

Teu devotado, Jacques."

Ele assinara a carta tão-somente com essas três palavras.

O que fazer com as três folhas? Deveria jogá-las na cesta do quarto de mamãe? Por que não entregá-las a Mammy-Grand, que saberia o que fazer delas?

Afastei esse mau pensamento. Queria fazer-lhes mal, puni-los por desejarem me abandonar pensando unicamente em seu próprio prazer.

Quem poderia acreditar que era em mim que pensavam ao deixarem-me, em um belo dia de setembro, no pátio de um triste colégio? Tio Jacques era o maior culpado, mas mamãe, minha querida mãe, como pôde ela, por um instante sequer, pensar em abandonar-me, expulsar-me de seu quarto onde eu estava tão feliz, afastar-me da sua ternura que me era tão necessária? Deixei o leito por alguns minutos para pegar uma tesoura na lavanderia.

Ao encontrar a Senhorita de Lestaude no caminho, percebi em seu olhar a suspeita de que eu escondia alguma coisa, mas nada disse, preferindo, sem dúvida, o prazer da delação ao do flagrante delito.

Ah, o indizível alívio de cortar em pedacinhos, até transformá-las em pequenos confetes, as três vergonhosas folhas. Metodicamente, ritualmente, dediquei-me à tarefa, primeiro mutilando os cabeçalhos "Minha muito querida", "Minha querida", depois picando, insanamente, todas as frases e todas as palavras. Tomei o cuidado de reunir, no prato de um vaso, as malditas esperanças de meu tio, doravante semelhantes a minúsculos insetos brancos manchados de negro.

— O que fazes dependurado dessa maneira na janela?

Amélie, sem dúvida incitada por minha avó, viera a minha procura e acabava de entrar no aposento.

— Estou dando de comer aos passarinhos — respondi.

Virei o prato; a leve brisa fez revoarem os confetes, qual flocos de neve. Formaram por um instante uma bela nuvem e depois espalharam-se, caindo separados na alameda de saibro e no gramado.

— O que escondias quando a bruxa cruzou contigo no corredor?

— A tesoura que usei para fazer flocos de neve para os pássaros.

— Mas poderias te ferir! Precisamos inventar uma outra coisa, senão eu também acabarei punida.

— Um *croissant* — disse eu.

— O quê? Um *croissant*? Ah, tinhas escondido um croissant. Está bem, mas precisas ir ao encontro da tua avó.

— Colocas a tesoura em teu avental, certo?

Quando entramos no salão de Mammy-Grand, Lestaude mergulhou os olhos em seu bordado, o padre redobrou o ardor na leitura de seu missal e a mais alta das duas criadas que levava a bandeja de chá de volta para a copa apressou o passo em direção à cozinha.

— Não é correto escapar à vigilância de tua governanta, Pierre-Edmond — disse ela calmamente.

— Eu estava no quarto de mamãe.

— Não respondas, insolente, quem te mandou responder? Aliás, o que fazias no quarto dela?

— Estava comendo um *croissant* que encontrei na cozinha.

— Mas já tinhas merendado — prosseguiu ela.

— Sim, Mammy-Grand.

— Olha para mim quando falas... Esta tarde o senhor padre deve cuidar da preparação da festa da Assunção e a Senhorita de Lestaude decidiu jantar em seu quarto. Jantaremos só nós dois, minha querida criança.

O padre e a bruxa levantaram a cabeça, olharam-me os dois de cara feia e afundaram os respectivos narizes, um no bordado, o outro no breviário.

— Amélie, leva esta criança de volta para o quarto, dá-lhe um banho por volta das sete horas, veste-a com roupas apropriadas e faz com que me encontre no salão de meu falecido marido às sete horas e meia.

Amélie estava com os nervos à flor da pele. De hábito senhora de si mesma, ela nem atinava que dois e dois são quatro. No caminho, balbuciou:

— Pequeno Pierre, tua avó está aborrecida com tua mãe, portanto...

— Portanto?

— Portanto sê respeitoso.

— Mas, Amélie, respeitoso com quem?

— Ora, com tua avó e com tua mãe. Prometes?

— Prometo — disse num tom cansado.

Até o jantar foram só súplicas e recomendações. Depois desta lavagem cerebral cheguei ao salão "do senhor barão", lembrança de que, num passado muito remoto, minha avó fora casada. Estranhamente, o retrato de meu avô não estava pendurado na parede. Sobre uma mesa redonda, com tampo de mármore, apenas a fotografia de um belo homem com bigodes de Napoleão III justificava o nome dado à ampla peça ovalada, toda recoberta de madeira clara.

Mammy-Grand estava sentada em uma poltrona sem estilo, da qual gostava bastante por sua imponência, braços de madeira escura e um espaldar onde sobressaíam dois pinhões, no mesmo estilo encontrado nos tronos dos bispos.

— Bom dia, Mammy-Grand, posso beijá-la?

— Rogo-te que o faças, meu pequeno cavalheiro.

Parecia bem-humorada.

— Fecha esta janela, por gentileza... não, assim não, basta encostar o trinco, assim. Senta-te e refaz o laço dos sapatos. Recita-me um poema.

Não tive medo e comecei limpando a garganta.

— "A Leopoldine".

— Que triste! Quem te ensinou?

— O senhor Laporte, meu professor, Mammy-Grand.

— Madame, o jantar está servido.

Justin, o mordomo, pronunciara as palavras rituais que anunciam em toda família burguesa que chegou o momento de passar à mesa. Em Paris, é a própria cozinheira, pessoalmente, quem faz os proclamas, em tom de júbilo, como uma boa nova. Que esquisitice, pensava eu com os meus botões vendo a imensa mesa da sala de jantar posta para dois. Sentamos um diante do outro no meio da mesa, à francesa.

— Põe-lhe uma almofada — ordenou ela.

A mesa resplandecia de flores e prataria. O centro de mesa que servia como enfeite foi colocado nas extremidades da mesa para que se colocasse a enorme toalha e não se rompesse o equilíbrio da decoração. Fato inédito no protocolo de minha avó, éramos servidos, simultaneamente, por duas criadas, impecavelmente vestidas.

— Justin, serve ao cavalheiro uma *abondance** de Pommard.

O mordomo verteu um pouco do vinho de Bordeaux numa das taças com pé de cristal perfiladas à minha frente, e afogou-o em um dilúvio d'água.

*Porção de vinho amplamente cortada com água. (*N. da T.*)

— Era o que bebíamos no convento. É bom notar que tua *abondance* é um Pommard, enquanto no colégio será com certeza um vinho ruim... Enfim, o vinho de missa bebido escondido na sacristia não há de valer mais do que isso, mas pelo menos beber nas barbas dos curas já é uma satisfação — disse rindo a não mais poder.

— A propósito do padre, observaste, tu que não andas de antolhos, a cara dele e da Senhorita de Lestaude?

Gargalhava.

— Eles me exasperam, esses dois, mais ainda que tua mãe... Reservo-lhe, aliás, uma boa surpresa. Decidi acompanhar-te até Paris. O que achas disso?

— Ah!... sim.

— Sim o quê?

E ria-se.

— Tua mãe tem uma horrível tendência à falta de respeito, mas dessa vez ultrapassou todos os limites! Voltar a Paris depois de contrariar-me... louca!

Depois de uma pausa, ela lançou:

— Decidi fazer de ti meu herdeiro. Acabei de escrever a este respeito a meu notário e irei vê-lo em Paris, depois do dia 15 de agosto. O que achas?

— Isso quer dizer que serei rico?

— Ah, com certeza, muito rico!

— E mamãe?

— Não me fales dela, por favor!

— Mas, Mammy-Grand, não quero que ela fique pobre.

— Ora, com o que teu pai deixou e casando-se com teu tio, certamente não há de morrer de fome.

— Mamãe vai se casar de novo?

— Ela ainda não te contou nada?

— Não... e com meu tio Jacques?

— Sim, mas não antes de um bom tempo, podes acreditar em mim! Muito mais tempo do que ela imagina. Come...

Meu apetite, já frugal, cessara por completo, e as ameaças de minha avó à filha não me acalmavam.

— Não estou com muita fome, Mammy-Grand.

— Justin?

— Sim, madame.

— O que temos esta noite como sobremesa?

— Uma charlote de morangos e sorvete de pistache.

— O que me dizes, minha criança querida?

— Obrigado, Mammy-Grand, são minhas sobremesas preferidas.

— Então, come! Senão...

Mais pela paz do que pelos doces, terminei, penosamente, a refeição.

— Manda servir — ordenou secamente.

— Pois não, madame.

As velhas criadas com suas toucas de renda, em seus belos aventais brancos, moviam-se num vai-e-vem apressado entre a cozinha, o aparador e a mesa. Traziam nas costas grandes laços que eram meu divertimento. Esses ornamentos farfalhavam contra os aventais de linho quando elas estavam de costas. Gostava de olhar aquelas grandes borboletas brancas como toucas alsacianas. Consolavam-me, ainda mais que o sorvete de pistache, dos tormentos que não mais me abandonavam.

Capítulo VII

Paris, na festa de 15 de agosto, sufocava de calor. Nem um suspiro de vento, nem uma nuvem no céu. No apartamento da rua de Rivoli havíamos mesmo renunciado às correntes de ar: os postigos tinham até sido fechados. Tudo o que pudesse evitar um aumento de calor era bem-vindo.

Mammy-Grand, incomodada com a falta de ar fresco, barricara-se em seu quarto onde agitava freneticamente um grande leque da Espanha.

No trem de volta, para a felicidade de Amélie, da criada e minha também, minha avó logo adormeceu, acalentada pelo balanço. Só voltou a abrir os olhos quando o trem parou na estação de Enghien.

Como prometido, mamãe nos aguardava com Gustave e dois carregadores. Não ficou surpresa ao ver a mãe, pois Amélie fizera a informação chegar até ela. Em compensação, embora parecesse contente em verme, aparentava cansaço.

— Mas estás com uma cara péssima, minha filha!

Estas foram as primeiras palavras de Mammy-Grand ao desembarcar do vagão.

— Deve ser o calor, mamãe.

— Melhor assim!

Em seguida, o silêncio. Pesado, opressivo à semelhança do tempo, até a chegada em casa.

No final do dia, um pouco antes do jantar, minha avó mandou informar que se contentaria com uma refeição fria em seu quarto. Fui lhe dar boa-noite justo quando ela provocava, como de costume, uma discussão com a criada.

— E onde pode ter ido parar? Confessa, bugre idiota, que esqueceste, traste! O que mais me irrita não é teres esquecido e sim não reconheceres teu erro.

— Mas eu já lhe disse, madame, não sou encarregada de manter o rosário junto ao missal.

— E então quem é?

— A senhora.

Fez uma irreverente reverência, fugindo do aposento.

— Ah, a velha peste! Ah, a insolente! Minha bengala! Onde está minha bengala?

Se já não estivéssemos habituados, na família, às suas brigas freqüentes, poderíamos acreditar que soara a hora em que a doméstica seria despedida, mas há mais de trinta anos elas desempenhavam esta tragicomédia que, às vezes, virava farsa. Minha avó temia o tédio mais do que tudo, e o menor pretexto lhe servia, até seu último suspiro, para semear a confusão entre os seus.

— Amanhã, depois do almoço, vais comigo a Auteuil. Nem pensar em ficar aqui até morrer de asfixia. Lá encontraremos um jardim, um verdadeiro jardim, árvores, um lago e não um mero parque municipal. Não fosse ele o antigo jardim dos nossos reis!

— Mamãe irá conosco?

— Isso vai depender de nossa conversa de amanhã de manhã.

— Por quê, minha avó?

— Não me chame de avó!

— Desculpe-me, Mammy-Grand.

— Puxa vida! E, no entanto, não é nenhum bicho-de-sete-cabeças! Se tua mãe continuar teimando em mandar-te para o colégio! Que idéia estúpida! Sonhava em construir uma escola no castelo, mas não é uma boa idéia. Não, não. Tens um preceptor idiota, mas ele te ensina as bases, o essencial. Na verdade, quando tiveres idade suficiente para entrar na sexta série, aí sim poderemos pensar em... Não tens nenhuma idéia?

— Não, Mammy-Grand.

— Bem, teremos que pensar no liceu. Mas os jesuítas, nunca! Os oratorianos, ainda vá lá, mas por que os curas? Isso é bom para uma velha como eu, sempre trajando preto como esses corvos.

Ela riu muito, e depois:

— Eles nunca me meteram medo. Mas se queres saber o que penso a este respeito, sempre fui da mesma opinião que teu avô. Os curas são excelentes para os pobres e para os operários; melhores, eu garanto, que as idéias socialistas. Mas não para ti! Vivemos em um mundo novo, é preciso se adaptar. Vem me beijar e podes ir deitar. Amanhã é um outro dia, e que dia!

Deitar-me? Para não conseguir conciliar o sono? Ah, isso não! Queria retomar meus hábitos, o leito enorme, o biombo. Talvez mamãe tocasse cravo. Beijei a fronte de Mammy-Grand e feliz, malgrado uma pontinha de inquietude, tomei o caminho do "quarto".

Ouvi vozes na saleta. Diminuí o passo, prendi a respiração.

— Esperarei todo o tempo que for necessário. Estarei apenas um pouco mais velho, só isso — dizia meu tio Jacques. — Ainda vais querer um velho?

— Não fales assim, tu me feres tanto quanto a ti mesmo — respondeu mamãe.

— Se isso puder acalmar a cólera de tua mãe, renunciarei a acompanhar-te à Itália.

— Não, meu amigo, não! Eu sempre cedi, é preciso aprender a enfrentá-la. Minha vida me pertence. Ela não pode dispor permanentemente da minha existência, fabricar meu destino. Por princípio, ela é contra tudo aquilo que digo, penso, desejo. Nesse momento serve-se de meu próprio filho: o que tem ele a ver com "essa história"? Não admite que ele seja meu filho, e não dela! Estou cansada, poderíamos deixar esta discussão para amanhã.

— Dorme bem, então, e reflete melhor.

Meu tio empurrou a porta. Eu achava que ele estava mais perto da janela que do corredor.

— O que fazes aqui?

Ele estava surpreso, irritado.

— Venho do quarto de Mammy-Grand e queria dar um beijo em minha mãe.

— Entra, meu querido, vem para o meu quarto. Espera um instantinho, sim? Vou acompanhar teu tio e volto logo.

Entrei no quarto onde reinava uma agradável penumbra. Uma pequena lâmpada a gás iluminava a cama da mesinha-de-cabeceira, enquanto um outro, colocado sobre o cravo fechado, permitia distinguir os contornos do aposento. Instalei-me no leito que Julie ainda não arrumara e na suavidade da luz do quarto, fechado para o mundo exterior, esperei o retorno de mamãe.

Ela demorava. Cada rumor punha-me em estado de alerta, mas tive que esperar dez, talvez quinze minutos antes de vê-la de volta. Eu estava como louco, inquieto, banhado em suor.

— Ah, chegaste!

Da porta do salão, ela sorria.

— Deixei-te esperando um pouco, não?, mas teu tio ainda tinha algumas coisas a me dizer.

Ela foi até o cravo, retirou a lâmpada que colocou sobre uma mesinha ao lado do instrumento. Abriu-o e pôs-se, sem mais nenhuma palavra, a tocar Scarlatti.

Tocou longamente, *andante*, *moderato*, *cantabile*, nem ouviu Julie entrar para preparar o quarto para a noite. Sem interrompê-la, ela empurrou-me para o outro lado da cama para retirar a colcha. Ela quase que dançava ao som da música, a graciosa Julie. Fazia graça com o robe e a camisola, transformava-os em seus cavalheiros antes de depositá-los no leito.

— Faz muito tempo que eu não tocava assim, meu pequeno Pierre. Estás gostando?

— Oh, sim, mamãe, muito!

— Já é tarde, não tens vontade de dormir?

— Não, mamãe, quero ficar aqui, contigo.

— Todavia sabes que daqui a pouco deverás ir te deitar, meu filhinho querido. Mas conta-me, tua avó, ela foi gentil contigo esta noite?

— Mammy-Grand disse que a senhora vai se casar de novo com tio Jacques.

— Ela realmente disse isso?

— Mammy-Grand disse até que isso vai levar um bocado de tempo.

— Meu pequeno Pierre, gostaria de falar contigo, dizer-te que o mundo das pessoas grandes não é de fácil compreensão. Mas amanhã voltaremos a falar sobre o assunto.

— Mas, mamãe, amanhã Mammy-Grand vai me levar para Auteuil.

— Perdão, o que estás dizendo?

— Ela diz que está quente demais aqui.

— Pierre, tua avó é uma senhora mais do que respeitável, mas ela sempre foi autoritária e, com a idade, está se tornando cada vez mais exigente, tu me entendes? Ela me trata como se eu ainda fosse uma criança, mas eu sou adulta, não sei se compreendes o que digo... Sou, junto com o teu tutor, responsável por tua educação. Claro que ficarei contente se fores com tua avó para Auteuil. Sem dúvida, lá faz menos calor do que aqui, e poderás aproveitar o jardim e a sombra das árvores mais do que poderias nas Tuileries. Só que ela não pode decidir tudo isso sozinha! Antes de falar contigo como se fosse coisa certa, Mammy-Grand devia pedir minha opinião e minha permissão. Esquece o que acabei de dizer.

Mamãe estava à beira das lágrimas mas se conteve.

— Estás vendo, pequeno Pierre, isso não é coisa de se carregar sozinha na alma. Entende-me bem, teu pai, que eu amava, estava doente, mais gravemente e há mais tempo do que eu pensava. Ele afastou-se de nós como se quisesse nos preparar e agora partiu para sempre. Deixou-nos quando mais precisávamos dele... Sou jovem e, no entanto, viúva aos 27 anos. Vem aqui pertinho de mim, Pierre.

Mamãe, que estava sentada na cama depois de ter andado de um lado para o outro durante todo o seu triste discurso, estendia-me os braços. Eu me refugiei neles enquanto ela prosseguia. Dirigia-se a mim como a um adulto.

— Mammy-Grand tinha mais de cinqüenta anos quando meu pai morreu. Ela poderia ter se casado de novo, os pretendentes não eram raros. Ela não quis. Fez sua escolha. Para uma mulher, ser jovem e sem marido é uma situação difícil. Teu tio e eu pensamos em nos casar, ao final do luto. Creio que este era o desejo do teu pai.

— Mamãe, quero ficar aqui com a senhora, não quero que me mande embora de seu quarto!

— Ora, tolinho, podes ficar mais um pouco, não é muito tarde.

— Mamãe, eu não quero deixá-la nunca. Não me deixe ir junto com Mammy-Grand, não me mande para o colégio!

— Mas, meu pequerrucho, precisas fazer seus estudos de *humanités*!*

— Sim, mamãe, no liceu.

— Acho preferível o ensino dos jesuítas ao do liceu.

Desci do leito, arrancando-me de seus braços.

— O que estás fazendo?

Corri até meu esconderijo, levantei o tapete e depois o pedaço de parquê. A carta estava lá. Com uma mão peguei-a, com a outra recoloquei o parquê e o tape-

---

*Curso compreendendo o estudo de latim, grego, literatura, filosofia, história, matemática e ciências naturais. (*N. da T.*)

te no lugar e apresentei-me diante de mamãe. Ao reconhecer a letra ela ficou pálida.

— O que significa esta carta? — disse ela em um tom de censura que eu nunca ouvira antes.

— Uma carta de papai.

Ela retirou as duas folhas de seu envelope e pôs-se a ler.

Meu amor, minha esposa adorada,

Quando esta carta chegar às tuas mãos, já não serei deste mundo. Ela te será entregue fechada, num envelope em teu nome, aos cuidados do meu irmão Jacques.

Dizer que foste meu primeiro e único amor não seria mentir. Poderás um dia acreditar que foi por amor que me afastei pouco a pouco de ti por longos meses até desaparecer, preparando-te para uma ausência, uma partida para um outro mundo? Foi, no entanto, uma estranha, rara, mas bem verdadeira prova de amor.

Fiel, eu nunca o fui. Terá sido por leviandade, por certeza também de que te amava apaixonadamente que me perdi na galanteria e no conforto dos leitos de amantes? Ou porque não tinha nenhuma importância!

Há dois anos soube que estava duplamente doente. Uma de minhas doenças proibia-me de tocá-la; a outra, a tuberculose, só podia piorar a primeira.

Terá sido mais uma vez por leviandade, por perversidade, ou por desespero que arrastei uma inocente em minha própria perdição?

Adeline sempre me seguiu apesar de meu estado. Afeiçoei-me a ela e sou-lhe reconhecido por ter superado sua angústia e sua legítima cólera para acompanhar-me no caminho que me aproxima a cada dia mais do túmulo. Ela não tem ciúme de ti, possui esta humildade insensata de compreender e aceitar, como se a revolta fosse coisa do demônio, que tu és meu único amor.

Não sei como terias reagido se eu, um belo dia, te anunciasse em pleno desjejum as minhas doenças. A tentação de confessá-las atormentou-me às vezes, mas não ousei dar o passo decisivo. Sem dúvida por medo de perder-te, por temor de que me rejeitasses, de que deixasses de me amar.

Tive, te asseguro, o desejo louco de ver-te e a nosso querido filho. Cheguei a escrever-te. Mas de que adiantava? Renunciei a ver-te e a Pierre, portanto, para poupá-los da angústia de uma morte anunciada, inexorável.

Deixar-te sozinha... O que será de ti? Tua família é rica, é bem verdade, e eu te deixo uma renda confortável, mas o que será da viúva de Charles, o que fará a bela jovem mulher, sem mim? Isto me obceca durante minhas noites de insônia, me atormenta em meu repouso. O que farás? Achei que a frieza de meu comportamento e meu distan-

ciamento te ajudariam a esquecer-te de mim, que essas revelações te causariam um desgosto permanente. E no entanto...

Casar-te-ás outra vez? Acredito que sim. Não logo em seguida, por certo, mas após um prazo razoável.

O que me atormenta a ponto de me enlouquecer é não saber com quem te casarás.

Escrevi longamente a Jacques a esse respeito, pois — mas como e com que direito eu te proibiria? — estou louco de ciúme à simples idéia de que meu irmão venha um dia a tocar-te, a beijar-te, a fazer amor contigo. Não, não... nunca!

Jacques, talvez não saibas, ama-te desde o dia em que te apresentei a ele. Ama-te porque és a mais amável das mulheres, mas também porque és aquela que me foi destinada. Mélanie, sua esposa, pobre criatura frágil, percebeu-o, tenho a certeza, tanto quanto eu. Mas, como poderia ela se defender, lutar? Ela não pôde suportar. O trabalho obscuro do destino e o estranho jogo da alma humana foram responsáveis por sua doença.

Foi a Jacques que confiei esta carta. Ele viverá seu papel de intermediário como um sacrifício e como a última maldade de seu irmão, mas há de entregá-la.

Deixo-te dilacerado, apaixonado, mas assim é.

Adeus, Aude.

Mamãe caiu num soluçar incontido. De repente levantou-se e, o rosto banhado em lágrimas, crispado pela dor, perguntou-me:

— Meu pequeno Pierre, é muito importante, é preciso que me digas onde e quando encontraste esta carta, mas sobretudo é preciso que puxes pela memória. Ela estava aberta ou escondida, bem fechada? Responde a tua mãe.

Cometi o pior delito que um filho pode cometer, sem o menor sentimento de culpa. Para não ter que deixar mamãe e não ser expulso de seu quarto, destruí, para sempre, sua felicidade de forma a preservar a minha.

— Mamãe, o envelope estava aberto, eu te asseguro, deve ter caído da pasta do tio Jacques no salão, num dia em que aqui veio jantar.

— Tens certeza? Estava aberto?

Cometi, então, o mais hediondo dos crimes: o perjúrio.

— Juro por papai.

— Por que a pegaste, pequeno Pierre? Por que não a devolveste a teu tio?

— Não sei, mamãe... Mas a carta era para a senhora.

— Mas então por que entregá-la só hoje?

Mammy-Grand entrou, de supetão, no quarto acompanhada de Amélie.

— Estava procurando por você, minha filha... O que faz esta criança na sua cama, Aude? — Amélie, podes levar Pierre-Edmond para o quarto, imediatamente.

Eu nem pisquei, tomei a mão rechonchuda que me estendia a governanta e deixei o ninho tão querido. Cabeça erguida, corajosamente encarei Mammy-Grand ao passar por ela. Posso revê-la, ereta, a mão tamborilando nos tafetás negros do seu eterno vestido de luto, coberto de babados, o busto comprimido por um corpete que a deixava ainda mais altiva e severa, embora sua expressão de dama virtuosa já inspirasse temor e respeito.

Estava no corredor que me levava para longe, bem longe do quarto de minha mãe. Agora eu já podia chorar, sabia que Mammy-Grand não viria me ver em meu exílio.

— Mas, mamãe, isso o deixa tão feliz... — ouvi dizer, em tom desolado, minha mãe à minha avó.

— Mas qual, minha filha, o que estás a dizer? Asneiras! Onde já se viu um filho dormir na cama de sua mãe? Isso não tem cabimento.

— Mas mamãe...

— Basta, sim? Gostaria que no futuro deixasses esta criança aos cuidados da sua governanta e dos professores. Isso enquanto não for encontrada uma solução adequada para a sua educação. Ele é jovem, ainda temos muito tempo...

Pierre-Edmond Charlieux-Doucet.
Escrito em Paris, 17 de maio de 1911.

Epílogo

18 de janeiro, 1917.

Há exatamente um mês, recebi a mais terrível notícia da minha vida. Meu filho, Pierre-Edmond, meu filho único, fora morto em Verdun em pleno combate.

Esta morte que temi, diariamente, desde seu alistamento em 1915, deixou-me desesperada.

Como encontrei a força física para ir, já no dia seguinte, a seu quarto em busca de lembranças, cartas, brinquedos?... Nem eu sei.

Ao abrir a gaveta central de sua escrivaninha encontrei o relato que acabaram de ler. Ele mesmo o intitulou: "Do leito da minha mãe".

Durante dezessete anos, nada soube do drama que vivia meu filho. Ele cresceu carregando na alma e no cora-

ção um remorso. O de ter, para preservar esse vínculo tão exclusivo e contudo tão maravilhoso que une uma mãe a seu filho, mentido.

Foi ele, portanto, quem abriu a carta que seu pai me endereçara um pouco antes de morrer e não meu cunhado contra quem me voltei rancorosamente, até a sua morte no ano passado, até hoje inexplicada, num dia de folga em Paris. Naquele dia eu não aceitei seu convite. Mas teria Jacques a intenção de entregar-me a carta? Hoje tenho a certeza de que um dia ele me entregaria a carta.

Foi meu filho quem, aos oito anos, ao compreender que tinha nas mãos uma arma terrível, utilizou-a para destruir para sempre o projeto de um possível casamento com Jacques.

Descubro com horror o quanto eu mesma, antes que Pierre se transformasse, por amor, em um monstro, fui egoísta e leviana. Arrasada, vejo hoje as conseqüências de um encadeamento terrível, implacável, que me levou de um amor maravilhoso à perda trágica daquele que era seu fruto, sem me deixar o amparo e o conforto que Jacques poderia me trazer.

Aude Charlieux-Doucet

Este livro foi composto na tipologia Goudy Old Style em corpo 12/16,5 e impresso em papel Pólen Bulk 90g/m² no Sistema Cameron da Divisão Gráfica da Distribuidora Record.